ROGUE PROTOCOL
紧急救援

MARTHA WELLS

[美]玛莎·威尔斯　著

艾德琳　译

北京联合出版公司
Beijing United Publishing Co.,Ltd.

图书在版编目（ＣＩＰ）数据

紧急救援 /（美）玛莎·威尔斯著；艾德琳译 . --
北京：北京联合出版公司，2022.2
ISBN 978-7-5596-5377-2

Ⅰ.①紧… Ⅱ.①玛… ②艾… Ⅲ.①幻想小说－美
国－现代 Ⅳ.① I712.45

中国版本图书馆 CIP 数据核字 (2021) 第 181027 号

北京市版权局著作合同登记号：图字01-2021-1190

紧急救援

作　　者：[美] 玛莎·威尔斯
译　　者：艾德琳
出 品 人：赵红仕
责任编辑：李艳芬
封面设计：吴黛君

北京联合出版公司出版
（北京市西城区德外大街83号楼9层 100088）
北京新华先锋出版科技有限公司发行
涿州汇美亿浓印刷有限公司印刷　新华书店经销
字数102千字　620毫米×889毫米　1/16　12印张
2022年2月第1版　2022年2月第1次印刷
ISBN 978-7-5596-5377-2
定价：49.00元

谁又能知道一个没有心的杀手机器人

还会遇到这么多的道德困境呢。

——杀手机器人语录

我们都有点儿像杀手机器人。从它的身上，我们能看到自己的影子。或许在所有的科幻小说中，这个忧郁、酷爱娱乐节目的杀手机器人的故事最能使人感受到人性。

——美国国家公共广播电台

这是我平生最喜欢的"太空歌剧",惊险刺激的同时又温暖人心。玛莎·威尔斯是这个可爱的、富有讽刺意味的、无性别的杀手机器人的最佳创作者。

N.K. 杰米辛

（科幻作家，三次雨果奖得主）

这是玛莎·威尔斯"杀手机器人日记"系列小说的另一个有趣的篇章。

我们最喜欢的脾气暴躁、患有社交焦虑的杀手机器人再次回归，它真的是一个独特的存在！玛莎·威尔斯通过对杀手机器人所遇到的事物以及观察人类的描写，为故事情节注入了更多幽默的元素。

玛莎·威尔斯的写作风格引人入胜，令我十分着迷，一口气就读完了！快去看第四本书！

盖文

（亚马逊精选五星评论）

在《紧急救援》中，杀手机器人与其他人工智能的互动仍然很有趣。这一次本书的亮点是机器人米琪。新的人物角色让读者不仅可以推测人工智能的功能和能力范围，还可以教会我们如何和人工智能成为朋友。

J.L. 萨顿

（亚马逊精选五星评论）

这是继马文之后，我所遇到的最惹人喜爱、又带点儿忧郁气质的人工智能。

我爱杀手机器人！

（科幻作家，雨果奖、星云奖、阿瑟·克拉克奖得主）

另一个近乎完美的作品，丰富的人物形象，故事情节充满了悬念，使得这第三部作品像前两部小说一样成为必读之作。期待即将到来的压轴戏《撤离战略》。

加里

在上一本书中，我从杀手机器人和运输船"阿特"的互动中得到了很多乐趣，以至于我担心这本书不会达到我的要求。但令我高兴的是，它比上一本书更出彩，还让我们了解到了杀手机器人的另一面。

杀手机器人要前往米卢去开启它新一段伟大的旅程，与此同时，它发现还有一组人类调查小队也要前往米卢，他们还有一个名叫米琪的宠物机器人。这就给我们的杀手机器人带来了一个难题，是选择相信宠物机器人加入调查小队，还是试图单独行动，后者有很大可能会被抓住。

"谁又能知道一个没有心的杀戮机器人还会遇到这么多的道德困境呢。"是的，这是讽刺。

《紧急救援》带给了我更多的惊喜，也更加触动了我的心弦。我很喜欢这个系列，迫不及待地想看到结局。

罗宾

（亚马逊精选五星评论）

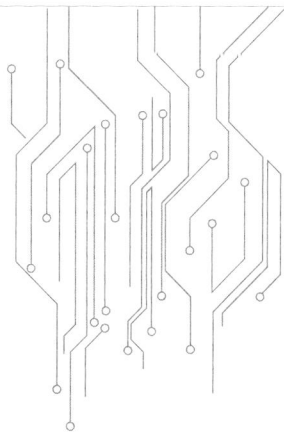

日 记

杀手机器人

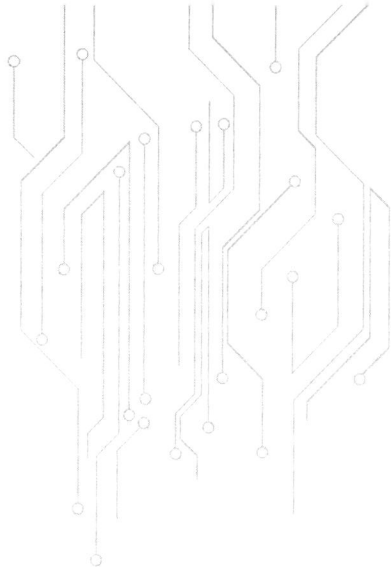

第一章

//////////

我也是运气差到一定地步，才会遇上一艘不如一艘的无人驾驶飞船。第一艘飞船还是挺不错的，它大大方方让我偷渡了。作为交换，我把我所有的媒体文件发给了它，其中可丝毫没有什么不可告人的动机，而且它十分专注于自身的功能。在那趟旅程中，我一直都独自徜徉在我的媒体存储库中，好不自在。就是它宠坏了我，才害得我以为所有无人驾驶的飞船都像它一样好。

然后我就碰上了那艘超级讨厌的垃圾研究船阿特。阿特的官方名称是"深空研究飞行器"。我们一起经历了很多事情，逐渐建立起了友谊。先是阿特威胁要杀了我，然后它又和我一起看了我最喜欢的节目，帮我进行了一次改变身体构造的手术，为我提供了非常出色的战术支持，还说服我假装成一个强化人类安全顾问，拯救了我客户们的生命，在我不得不对一些人类痛下杀手之后，它还帮我清理了烂摊子（当然了，我只杀坏人）。我倒还挺想念那艘破船的。

然后我又遇到了这艘飞船。它也是无人驾驶的，没有船员，不过搭载了一些乘客，大多数都是低端和中端的技术工人，包括人类和强化人类。他们都是签了临时工作合同的，需要往返于中转站之间。对我来说，这并不是我所理想的飞船，但这又是唯一一艘去往正确方向的飞船。

它和所有的无人驾驶飞船一样（除了阿特以外），都是用图像进行交流，并且允许我上船，以拷贝我库存的媒体文件作为交换条件。因为飞船频道里有乘客名单，其他乘客都能看到，所以我就让它在这趟旅程中把我也添加进去，免得有好事者真去检查。乘客表格里有一栏是要填职业，我一时触动情肠，就告诉它我的职业是安全顾问。

这艘飞船觉得我既然是个安全顾问，那么理应由我来负责船上的安保工作，而且居然就这么开始提醒我船上的乘客之间有矛盾了。也就是我这个白痴，居然还回应它了。没错，我也不知道为什么。可能是因为我被造出来就是为了做这些事的吧，而且这些功能肯定也被写进了我有机部位的 DNA 里（我得找找有没有一段错误代码，能让我清晰地表达"我收到了您的请求，但我

决定不理您"）。

一开始，船上的安保工作还挺轻松的，然后事情就变得复杂起来了，甚至连互有好感的乘客们也开始大打出手。我花了很多时间（都是宝贵的时间，我本来可以观看我保存下来的那些娱乐视频的）来帮他们调解那些我根本就不在意他们究竟在吵些什么的纷争。

现在，这趟旅程已经到了最后一个周期，好歹所有人都活下来了，而我还得去餐厅，给两帮又打起来的白痴人类拉架。

这艘飞船没有无人机，但它装有一些监控范围有限的安保摄像头，所以在门滑动打开之前，我就已经知道餐厅区域内每个人所在的位置了。我大步走过房间，绕过满屋怒吼的人群和翻倒的桌椅，走到两帮火拼的械斗者之间。其中一个人拿着餐具当武器，在他不小心把手指刮破了之后，这把武器就被我夺了过来。

你可能以为既然都有安全顾问闯进来了，还缴了其中一个人的械，那在场的人怎么也该偃旗息鼓，好好考虑一下自己在这种情况下的优先级。啊哦，那你可就猜错了。他们只是踉踉跄跄地后退了几步，但嘴里还是骂个没完。房间里其他人本来是在对两帮械斗者大吼大叫，现在都转过来针对我了，他们都想告诉我这场"罗生门"究竟是怎么回事。我大吼一声："都给我闭嘴！"假扮成强化人类，而不是合成体护卫战士的好处之一就是你可以让人类闭嘴。

大家都闭嘴了。

接着，还在喘粗气的艾尔斯说："林顾问，我还以为你说你再也不想回来拉架了——"另一个叫埃尔比克的人正十分夸张地指着他说："林顾问，他说他要——"

在飞船乘客名单里我自称姓林，虽然我在拉维海洛用的化名是"伊甸"。我敢肯定拉维海洛中转站的安保人员，不会将我与私人穿梭飞船上发生的那几起死亡事件联系起来，就算他们真的怀疑了，也无权在他们的管辖范围之外追捕任何人，除非签订了相关合约。不过我还是换了个名字，以策万全。

其他人本来躲在翻倒的桌子和急急忙忙搭起来当掩体的椅子后面，现在都走了出来，七嘴八舌地要讲道理。大家都在指指点点，互相谩骂，场面变得更加混乱了。真是人类儒雅随和的日常啊（如果我没有从娱乐频道上下载那么多节目，可能还以为大多数人类唯一懂得的交流方式就是互相指责、破口大骂呢）！

这船上的日子真是度秒如年，26 个周期像过了 260 个周期

似的。我得试着分散他们的注意力。我拷贝了我所有的视觉媒体，放进了这艘飞船可供乘客访问的系统之中，这样一来，这些媒体就可以在乘客们的显示屏上播放了，这么做至少把哭声降到了最低（对儿童和成人来说效果一样）。自从我用一只手就把某个闹事者按在了墙上，并且制定了一套明确的规则之后，吵闹和打斗就大大减少了（铁律第一条：绝对不要和林顾问有任何肢体接触）。但即便如此，我还是得经常站在那里无助地倾听他们的问题，了解他们对彼此的不满，还有他们那些被公司无情压榨的经历（咱们不如比一比谁被压榨得更惨），以及他们对各种破事的抱怨。说真的，与其听这些，还不如受酷刑。

我今天心情特别烦躁，便直说道："我对你们那些破事不感兴趣。"

大家就又都闭嘴了。

我接着说："我们最多还有 6 小时就要靠岸了。下船之后，你们就算打得头破血流也没人管了。"

但没用，他们还是争先恐后地要告诉我是什么引起了最新一次的争吵（我根本就不记得是为什么了，因为我一走出房间，就把他们的话从记忆中删除了）。

他们真的都是一群非常烦人且极度不称职的人类，但我并没有打算对他们下杀手。好吧，可能就是拳头有点儿痒痒。

护卫战士的工作是保护客户免受任何生命威胁或伤害，并且温和地阻止客户之间自相残杀。至于他们究竟为什么自相残杀，那就不在护卫战士的职责范围内了，应该由人类主管来负责调解（你也可以故意忽视这些问题，最终导致矛盾纠纷变成一场血肉横飞的屠杀，而你的护卫战士只能在暗中祈祷，赶紧发生一次意外大爆炸或者船舱失压，这样大家就都能幸福地解脱了，这可不是我的亲身经历）。

这艘飞船上没有人类主管，只有我这个安全顾问。我其实很清楚他们大吵大闹究竟是因为什么，他们自己也很清楚。我也尽量听取他们的问题，还要假装对一些事件进行大张旗鼓的调查，比如到底是谁把饼干包装纸丢在了卫生间的水槽里。

他们要去一个鸟不拉屎的星球上当劳工。艾尔斯告诉我，他们都出卖了自己二十年的劳动力，以此换取工期结束后的一大笔报酬。他也知道这是一笔糟糕的交易，但这比其他的选择要好很多。这份劳动合同包括住宿，但在其他方面都要收取一定比例的费用，比如食物、能源和任何类型的医疗保健，包括预防性

医疗服务。

我都懂。拉提希曾经说过，合同制就是奴隶制，但至少我还不需要向公司支付我的修理费、维护费、弹药费和装甲费。当然了，也没有人问过我到底想不想当一个护卫战士，不过这又是一个完全不同的比喻了。

（自我提醒：查一下"比喻"是什么意思。）

我问过艾尔斯，这二十年究竟是按行星历法算的，还是按负责维护那颗行星的公司专利历法算的，又或者是按公司边缘地推荐的标准历法算的，还是按其他什么历法算的？结果他竟然一无所知，也不明白这有什么关系。

是啊，这就是我不想跟他们这群人有任何牵扯的原因。

如果我有选择的话，肯定不会选这艘飞船。我想去的是一个叫米卢的地方，位于公司边缘地之外。但只有它会开往我想去的那个中转站，我必须通过那个中转站才能去往我下一个目的地。

我是在离开拉维海洛之后才做出这个决定的。一开始，我只是想尽快离开，让自己和中转站之间的距离越远越好（详情见上文，我杀了几个人类）。我搭上了我见到的第一艘比较友好的货运船。经过七个周期的航程之后，我在一个拥挤的中转站下了船。情况算是不错，人多的地方好隐藏，但也不算太好，因为这里到处都是人类和强化人类，在我周围挤得水泄不通，无数双眼睛都在盯着我，我真是要窒息了（自从遇到艾尔斯和其他人之后，我对窒息的定义又更上一层楼了）。

再说，我也想念阿特了，我甚至都想念达潘、玛罗和拉米了。如果你实在没的选，一定要照顾一些人类的话，那最好还是照顾那些弱小无助的，对你很好的，而且认为你很厉害的，因为你能保护他们免遭杀害（虽然她们喜欢我只是因为她们以为我是一个强化人类，但鱼和熊掌不可兼得嘛）。

在经历了拉维海洛的事情之后，我决定不再四处胡闹，要抓紧时间离开公司边缘地，但我还是要先计划好自己的路线才行。在飞船上不能访问我需要的时刻表和频道，但一靠岸，信息又铺天盖地地涌上来，我不得不花一些时间来理清所有的信息。再加上我才在这个中转站待了 22 分钟，就已经迫切需要独处一下了。随后，我钻进了一个自动中转服务中心里，花了我那张新得来的硬通货卡上面的一些钱，找了一间私人休息室。这地方也就够我背着包躺一下，不过它确实很像一个运输箱，让我隐约感

到有些欣慰。我曾被当成货物运去各个目的地完成合约，在运输箱里度过了很多独处的时间。我觉得人类只有累到倒头就睡的地步才会选择在这里休息，否则他们一定会被闷到尖叫。

安顿下来之后，我就查看了一下中转站的频道，想找找有没有关于"德落"和"灰泣"的最新新闻。我立刻就找到了一条新闻，内容依旧是"诉讼还在进行中，做证也在进行中"。似乎自从我离开拉维海洛之后，事情就没有什么进展了，这可就伤脑筋了。不过那个没人愿意谈论的、讨人厌的护卫战士目前仍然下落不明，我便可以稍微放心一点儿。从记者们的行文间看不出来他们是否认为有人窝藏我，似乎都不愿意推测我是自己溜走的。然后我点进了一篇发表于 6 个周期之前的曼莎博士的访谈。

能够再次见到她，这种感觉竟然出乎意料地好。为了能好好地看看她，我增加了放大倍数，只觉得她看起来有些疲惫。从视频背景里，我看不出她在哪里，然后我在这篇访谈内容里快速搜索了一下，也没提到她在哪里。我希望她已经回到"奥克斯守护组织"了；如果她还在"自由贸易港"的话，我也希望他们已经签了一份正经的安保协议。我知道她对护卫战士的看法（觉得这是公司对我们的奴役），所以我怀疑她可能并没有找护卫战士来保护她的安全。就算我的信息流里没有医疗系统，我也能看出她眼周皮肤的变化，这表明她最近睡眠不足。

我觉得有点儿内疚，差不多是这种感觉，大概就是内疚吧。有些事出问题了，我只希望不是我造成的。是我自己要逃跑的，根本就不关她的事，我只希望他们不要追究她的责任。你知道的，他们可能认为是她故意放走了一个过去曾屠杀无辜人类的叛徒护卫战士。但我敢保证，那绝对不是她的本意。她的本意是要把我送回她家里，到了那里之后，她可能会，唉，我也说不清楚，可能会教我文明礼貌，或者让我学习知识，或者别的什么吧。我真的不太清楚这些细节，唯一确定的只有"奥克斯守护组织"并不需要护卫战士，而且在他们眼里，护卫战士只有在拥有一个人类"监护人"的情况下，才能被视作一个自由工作者（别的地方不叫"监护人"，都叫"主人"，这只是文字游戏而已）。

我又浏览了一遍新闻内容。有些新闻机构正在对"灰泣"组织进行调查，结果挖出来一些类似事件，表明"灰泣"针对"德落"的这种袭击只是家常便饭，而不是反常举动（哇，我很惊讶呢）。长期以来，"灰泣"一直在收集针对别的研究站的草拟合同，或者个人专用交易的投诉，包括一个位于公司边缘地之外

的潜在仿地形项目，现在已被废弃，但没有人知道原因。搞乱一个星球，哪怕只是搞乱这个星球上的部分地方，如果找不出背后原因的话，也足够引起一场轩然大波了，所以我很惊讶他们居然还侥幸逃脱了。哈哈，骗你的，其实我根本就不惊讶。

记者就最后这个问题，向曼莎博士提问，曼莎博士回应道："亲身经历过'灰泣'事件后，我打算正式呼吁'奥克斯守护组织'议会加入对米卢事件的调查。一次失败的仿地形尝试，无论是对星球的资源还是自然表面都是一种巨大的浪费，但'灰泣'拒绝解释他们的行为。"

记者在曼莎这段话旁边附加了一个信息栏，里面写了一些注释。据说是有一家来自公司边缘地的小企业，最近提交了接管"灰泣"已废弃仿地形项目的申请。他们刚刚建立了一个自动化的牵引器阵列，以防止废弃的仿地形设施在大气中解体，而且很快就要开始对设施进行评估了。

这些注释看起来是把事件背后的来龙去脉都搞清楚了，就是不知道评估小组会发现什么。

我躺在那里，浏览着频道和时刻表，想了想，觉得自己其实已经知道评估小组会发现什么了。

　　我之所以会逃到这里，曼莎博士之所以会登上新闻，这一切都是因为"灰泣"组织宁愿杀死一群手无寸铁的人类研究员，也要独占我们那片研究区域的土壤里可能存在智慧外星文明遗留下来的外星遗迹、矿藏和生物遗骸。自从听了达潘和其他两个人谈论她们使用一种代码，来鉴定奇特合成物之后，我就留了个心眼，多了解了一些相关内容。我还下载了一本讲这些事情的书，并且利用两集节目之间的间隙把它看完了。关于如何处理公司边缘地内外的外星遗迹，政治实体和公司实体签署了堆积成山的协议。除非你能搞到一大堆特殊的证明，否则你连外星遗迹的边都碰不到，甚至就算你真集齐了所有的证明，也未必能接触到真迹。

　　离开"自由贸易港"的时候，我的猜测是"灰泣"组织希望能够不受阻碍地接触这些遗迹。可以推测的是，"灰泣"为了挖掘和研究这些外星遗迹，肯定会建立一些采矿设施、殖民地或者其他大规模项目作为掩护。

　　那么，如果那个位于米卢的仿地形设施只是一个成功的幌子，那它背后的企图是挖掘和开采外星遗迹吗？还是开采奇特合成物？还是两者兼而有之呢？"灰泣"组织已经完成了挖掘工

作，便假装废弃了这个实际上从未投入使用的仿地形设施。设施被废弃之后，最终会在大气中解体，连同所有证据也一起毁去。

如果曼莎博士能拿到这些证据的话，对"灰泣"组织的调查就会变得非常有趣了。也许会有趣到连记者们都忘记还有个在逃的护卫战士了。然后曼莎博士也不需要再留在"自由贸易港"了，她可以回到"奥克斯守护组织"去，那里很安全，我也不用再担心她了。

我想拿到证据应该并不难。人类总是以为掩盖了踪迹、删除了数据就万事大吉，那他们就大错特错了。所以……也许我应该去找找证据。我可以先去米卢，然后把我收集到的数据发给曼莎博士，不管是发去她目前在"自由贸易港"的住处还是她位于"奥克斯守护组织"的家里。

我又接入了中转站的信息流里，把我的查询内容改为了搜索怎么去米卢，结果这个中转站的公共时刻表上面什么都没有。我扩大了搜索范围，查看其他相连的中转站。但我只找到了一条标记于 40 个周期前的旧交通建议，当时的新闻里说，自从当地的中转站被登记为长时间无活动迹象之后，这个仿地形设施也在不久后被宣布废弃。据说前往米卢的货运路线已经中断，只剩从哈夫拉顿站出发的航线，而这个交通站位于公司边缘地附近。我无法从哈夫拉顿站那里获得任何前往米卢的最新班次消息，只找到了一些含糊其词的报道，说某些时间段里某些往来飞船仍在运行。

如果我没有自己的飞船，恐怕就很难到达米卢，但我又不可能找一艘飞船自己开。我虽然安装过学习开"跳跃号"和其他行星航空器的训练模组，但是开穿梭飞船或者其他任何种类的飞船就超出我的能力了。除非我去偷一艘飞船，顺便也偷走飞船上的主控电脑，但那样也太复杂了，即便是我也做不到。

不过哈夫拉顿是一个主要的交通枢纽，飞船都通过这里飞向公司边缘地之外。如果可以去到那里，我就有成百上千个目的地可以选择了。所以，最后就算是没办法去到米卢，能去哈夫拉顿也不算是浪费了路上的时间。

下一艘直接开往哈夫拉顿的飞船被列为一艘货运兼客运船，这就是为什么我最终遇到了艾尔斯和他们这帮被一纸劳工合同绑定的傻瓜。

终于劝和了最近一次发生在餐厅里的打斗之后，我决定结束自己短暂且绝望的人际关系调解员的生涯，躲进自己的铺位里

面。当我们穿过虫洞开始接近哈夫拉顿的时候，我接收到了中转站的信息流。

我需要尽快拿到时刻表，也期盼着有机会下载更多的新媒体。我最近在看的一个剧开头还不错，但后面一路走低。它讲的是一次外星环境地球化之前的调查（这星球表面看起来就完全不适合进行地球化仿地形工程，不过我也不在乎这一部分），结果最后演变成一场敌对动物与变异怪袭击的生存之战。但是剧里面的人类实在太弱小无助了，接连被杀，我看不出剧情究竟有什么意思。我知道最后肯定不是什么大团圆结局，但我现在实在没有心情去看一个沉重的悲剧。它还有个让人看得特别窝火的地方，就是明明只需要加入一个英雄的护卫战士角色，或一些有趣的外星遗址，就能让它变成一个很精彩的冒险故事。

再说了，他们的担保公司肯定也不会允许一个调查小队在没有专业安保人员陪同的情况下出发。这也太不现实了。当然，英雄的护卫战士角色也同样不现实，但就像我对阿特说过的那样，有些不切实际可以理解，有些不切实际就完全是刻意抹黑。

看到小队里的生物专家被一个变异怪拖走吃掉的时候，我就弃剧了。说真的，我被设计出来，就是为了阻止这种情况发生。

一想到这艘飞船上的乘客将来可能会面对什么样的命运，我也实在没心情再追剧了。我宁愿看到聪明的人类互相拯救的剧情，也不想看到弱小无助的人类。

我将可用的信息整理成了一份索引，开始了新的下载，也查询了时刻表和交通指南，想尽快找个办法去米卢。

在这个周期里，我的搜索一无所获，上一个周期也没有。就算我把搜索范围扩大到距今 30 个周期的时间之外，也还是什么都没有找到。唉，这可就麻烦了。

在乘客们爆发争吵的间隙，我一直在思考我的计划，不想现在就放弃它。我是真的很想狠狠还击"灰泣"组织，既然不能扔个炮弹过去炸死他们，这个计划可能就是我最好的选择了。也许是时刻表还没更新；人类在维护数据方面真的太不可靠了。当飞船的速度慢下来，准备最后的靠近和对接时，我搜索了这个中转站公共目的地目录，结果还真被我找到了，米卢这个名字赫然在列。和平常一样，运营米卢中转站的是一家独立企业，所以即便设施已经被废弃了，这个站点在目录上还是被列为仍在活跃。站点的人都是流动人口，最多不超过 100 人。

流动是好事，这就意味着只有很少人是永久居民，大家都来去匆匆。但不到 100 人就是个坏消息了。就算我能在没有正当理由的情况下到达那里，也要确保没有人看见我。

阿特改变了我的身体构造，这样扫描器就不会发现我是一个护卫战士，我也给自己写了一些代码，确保我的行为举止更像人类或者强化人类（主要是让我的动作和呼吸变得更加自然）。但我必须躲开其他的护卫战士，最好也避开那些见过护卫战士没穿装甲是什么样子的人类（比如部署中心的工作人员）。"灰泣"组织在公司边缘地签署过携带护卫战士的协议，他们也很可能在米卢中转站使用过护卫战士。"灰泣"本来应该在废弃仿地形设施的时候，就撤走他们留在中转站的所有办公室，但仍然留在那边的人类可能见过他们的护卫战士。这个计划是有预估风险的，意味着我只能硬着头皮上，即便知道我有可能会在膝盖上挨冷枪也一样。

我确实有机会放弃全盘计划。这一站有不少飞船都去往公司领地之外的目的地，那些我从未知晓任何事情的目的地。但我假扮了这么久人类，实在是太精疲力竭了。我需要休息一下。

我想碰碰运气，就查看了一下私人飞船的时刻表，但是并没有看到任何标注着要去往米卢的飞船。不过有几艘飞船计划在下一个周期内离开，但都没有列出明确的目的地。其中有一艘小型无人驾驶货运飞船，它的大小刚好够承载 100~150 人在 100多个周期内所需的补给品。我在数据库里查了一下它的运行历史，发现它都是按照定期安排往返的。它可能属于一个为米卢中转站提供补给的私人承包商，没有在时刻表上标明目的地，是因为他们不想让闲杂人等跑到米卢去，要先整理好仿地形设施里的一片狼藉再说。

按照时刻表来看，这艘货运飞船本来应该在 18 个周期之前就离开，但它申请了暂缓起飞。六艘来自不同出发地、大小各异的飞船和我乘坐的那艘飞船同时抵达了哈夫拉顿。这艘补给飞船可能是在等待其中的一艘，如果它正在执行的是一个特殊货物订单的话。也可能是在等待修理。

如果还想知道更多，我就得亲自去问了。

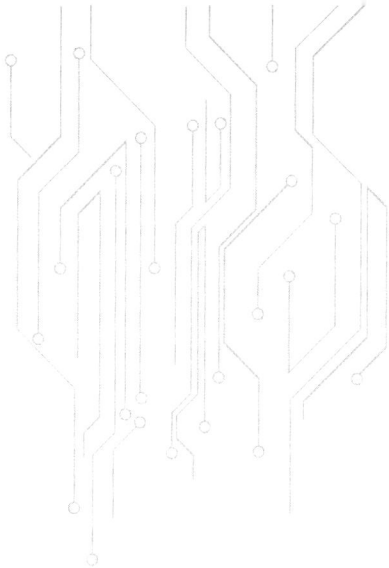

第二章

/////////

等到飞船完成了停靠协议，我就翻身下床，抓起我的背包
（我确实在里面放了一些东西，但背这个包主要还是为了让我看
起来更像人类旅客），从维修井抄近路来到了客舱锁前。其他人
则会通过货舱锁出去，走进一个分离舱，那里会有一个货物升降
机把他们拖到另一艘飞船上，然后带他们飞向新家。这么做表面
上看起来是为了方便他们，但其实是因为承包商并不想让他们徒
步穿过中转站，防止有些人可能会改变主意逃走。

我不想去跟他们道别。虽然明知他们要去的地方是龙潭虎
穴，但我没有办法一次拯救这么多人，也实在不忍心眼睁睁地看
着他们去，所以只能作罢。他们可能还以为自己要去的是个理想
国度。

我还是跟这艘飞船说了声再见。它让我离开了客舱锁，然
后从它的日志中删去了这一记录。我能看出我走了它还是有些伤

心的，然而这一趟旅程可没有让我迫不及待地想要再来一次。

到了现在，我已经练习过不少次如何破解不同的中转站，或者中转环安全系统，只要能成功破解，想顺利通过武器扫描也就没有那么伤脑筋了。当初设计护卫战士的本意，就是要让我们充当安全系统的可移动组件，不管是哪种安全系统都能兼容，这样公司就能尽量多地把我们租赁给有不同需求的客户了，甚至连那些拥有专利设备的客户也在此行列。破解安全系统的诀窍，就在于你要让它以为你就是应该在这里的，这一点就要感谢公司了，是公司为我们提供了所有骗过安全系统的必要代码。再加上无数次的实践和不成功便成仁的决心，我终于练就了一身在匆忙中也能改变安全系统的好本领。

我在中转环的商场停留了一下，来到一个自动售货机面前，里面出售的都是供非强化人类专用的信息流接入器、便携式显示屏和记忆夹。这些记忆夹是用于存储额外数据的，每个只有指尖大小。如果有人需要建立一套新系统，或者要去还没有信息流的地方，又或者想在无法接入信息流的地方存储数据，这些记忆夹就能派上用场（不过公司的安全系统还是有办法读取记忆夹里的数据，因为客户们有时候会用这种东西来隐藏专利数据）。我用

我的硬通货卡买了一套记忆夹（我看卡上还有不少钱，达潘她们肯定是给了我一大笔钱）。

私人码头从来就不像公共码头那么繁忙，只有那么几个人进进出出的，再就是还有不少搬运机器人在搬运货物。穿过登船层的时候，我扫描了一下无人机，这里只有两架无人机，都是用来监视搬运机器人活动的。我找到了那艘补给飞船的气闸锁，给它发去一条消息，想看看有没有人在船上。主控电脑回应了我。

这是一个低级的机器人，没有强大的功能，待在码头不会感到无聊，也不会因为有事可做就变得兴奋起来。和我遇到过的其他飞船差不多（阿特除外），它也是用图像交流。没错，它确实是一艘补给飞船，并且每 47 个周期往返于米卢中转站一次。据交通管制部门最新的消息称，这艘船会暂缓离港，但预计在接下来的 2 个周期内就能获得出发许可。这消息写得就像创纪录的旅行家发布的信息广告似的。

不过我觉得我怎么都该走运一回了。

我让它以为我有港务局的授权，并且让它放我登船，它照做了。然后我就轻手轻脚地从它的记忆中删除了我上船的事情。从它的角度来看，我一直都在船上。我不太喜欢做这种事，我喜欢跟主控电脑谈条件。但这个主控电脑的功能实在太有限了，恐怕都没办法完成一场交易。我不想冒这个险，毕竟它有可能把我的事情汇报给港务局，因为它根本就不明白这为什么是个坏主意。

我沿着一条很短的走廊进入了主舱室，找到了通往货舱和补给仓库的通道。这个主舱室很小，只放得下用来连接和移除两个货物分离舱的控制台，以及一些存放船上补给品的储物柜。两个分离舱都已经连接好了，所以如果这艘飞船是在等待新货物的话，就必须先拆卸一个分离舱，再重装货物。不过考虑到船员区的结构，这一过程应该不会影响到我。

我利用这段时间在飞船上四处搜寻，主要是因为我有点儿心绪不宁，也因为巡逻习惯早就被编写进了我的程序里。飞船上的维修无人机跟在我后面，可能是被我这个不该出现的活动物体吸引了，不过没有飞船的指令，它们也不敢打扰我。飞船上没有私人舱室，但在飞行员套间旁边的控制甲板上，靠舱壁的地方搭着两排铺位，货舱后面还有两个小房间，挨着紧急医疗系统和一个小卫生间。我不需要使用卫生间，而且不用再假装频频去卫生间（这样才能装得更像人类），我才真是谢天谢地。不过我已经

习惯使用人类的洗浴设施了。和公司的安保准备室比起来，这里的住宿条件已经堪称豪华。我在控制甲板上的一个铺位坐下来，开始整理我新下载的媒体文件。

好吧，我确实应该意识到其中一个储物柜里的床上用品和其他补给包放在里面应该是有原因的。

在看了几部最新下载的剧之后，我决定开始从第一集看一部貌似还挺不错的剧。故事发生在一个充满魔法的架空世界里，还出现了一些不太可能存在的会说话的武器（说不太可能是因为我就是一个会说话的武器，但人类都不太待见我）。

大约 20 小时过后，我仍然沉迷追剧，享受着这段没有人类打扰的悠闲时光。幸好当生命维持系统循环开启的时候，我感觉到气压升高了（我并不需要多少空气，就算空气被消耗光了，我也可以进入休眠模式，所以自动飞船上最低限度的空气对我来说就够了）。

我按了暂停，坐了起来。我问主控电脑是不是有人要登船。没错，的确有两个乘客要上船，而且它还收到了港务局的最新消息，现在可以提交出发时间申请了。

又一个该说"这下糟了"的时刻。

幸好我已经检查过了这艘飞船，便可以立刻想到几个可以藏身的地点。我从铺位上滚下来，没有忘记拿上我的背包，然后顺着垂直通道跳下来，来到了主舱室。我穿过船舱，沿着通道走到了货物区。我挑了一个最难够到的储物柜，把里面的东西都移到了旁边，这样我就可以挤到柜子后面了，这些补给包也可以帮我遮挡视线。我说了几句讨好主控电脑的话，并且提醒它我就是该在这里的，它也没有必要向任何人提起我，包括它的乘客和港务局。这艘飞船上没有安装摄像头（除非是公司政治实体控制的飞船，否则都很少安装摄像头），好在还有些无人机。有了它们的扫描器，我就可以清晰地看见所有的内部舱室了，不过我还是得先过滤掉我用不上的维护数据。

16 分钟之后，气闸锁循环开启了，两个乘客上了船。她们是两个强化人类，背着旅行包，带着几个我一眼就认出来的箱子，是战斗装备箱，里面包括装甲和武器。

这可就有意思了。在战斗中，使用机器人比使用人类战士更为常见，这和公司常派遣护卫战士去完成安保合约是同一个道理：如果我们不服从命令，我们的脑子就会被炸飞。但针对使用战斗机器人的问题，联合公司与其他政治实体都有很多限制条款

（不过似乎所有人都想办法绕过了这些限制条款，这个情节经常出现在公司边缘地之外的连续剧里面）。

我通过无人机和船上的信息流来监听她们，但这两个人类并没有怎么交谈，只是在整理她们的装备，偶尔互相说几句话。从她们的数字签名来看，两个人类分别叫威尔肯和格斯。想听她们自己谈起去米卢的原因无异于守株待兔，不过我也有办法应付这一情况。

作为一个护卫战士，我的一大职责就是帮助公司记录客户们所做和所说的一切，这样公司就能从中挖掘数据，再把有价值的信息卖掉（人们常说好安保是一分钱一分货，公司似乎早就把提供安保当成榨取价值的借口了）。大多数的记录都是垃圾，很快就会被删除，但还是得先进行分析，看看能不能去粗取精。通常情况下，这种数据挖掘是要和安全系统一起进行的，不过我也可以独立完成，而且我还保留着那些代码。这一过程占用了我的存储空间，本来我可以拿这些空间来存放媒体文件的，但我确实也没办法及时替换存储空间。

两个人类从一个并非我藏身的储物柜里拿出一些补给包，然后安顿下来。我便调整了一下无人机的代码，让它们负责记录。只要收集到足够的数据，我就可以开始在后台进行分析了。

当飞船脱离船闸并启程飞向米卢的时候，我已经在继续追我的新剧了。

按照飞船上显示的当地时间，我们是花了 20 个周期才到米卢的。我本来也没想过这艘飞船会主动来打扰我。我在运输箱和货舱里待的时间更长，还有很多旅程都是在我入侵了调控中枢，并且在开始下载媒体之前度过的。但我现在已经习惯不了被当成货物运来运去了，就算有新节目、新剧和几百本书要看也一样。这艘让我可以短暂休憩的飞船并没有打扰我，而我经历过的另外三次飞船旅行，包括和阿特在一起的那次，我在船上也几乎都一动不动。我也说不清被当成货物运输和自己旅行究竟有什么区别。好吧，也许我能说清楚：在自己旅行的时候，只要我想动，随时都可以动。

不管怎么样吧，当飞船通报说它正在靠近米卢的时候，我确实松了口气。2 分钟后，我发现我已经能接收到米卢站的信息流了，但里面什么都没有。

一般情况下，信息流里应该有交通和停靠信息、潜在航行危险指引和旅客新闻等，但这个站台的信息流里居然什么都没

有。我和飞船核实了一下，它报告说并没有其他交通工具也在接近米卢中转站，不过这一情况和它之前停靠在这个站台的经历相符（我以前看过一部连续剧，里面有一个早已荒废却还阴魂不散的站台，虽然目前的情况不一定是这样，但最好还是要先搞清楚再说）。

信息流中诡异的寂静还是非常令人不安。这个中转站是三角形的，比拉维海洛站还要小一些。扫描显示码头上还有两艘货运飞船和几架穿梭飞船，只占据了码头容量的一小部分。

飞船进入了停靠位置，我终于听到信息流里传来了一些声音。虽然听起来很正常，但站台索引看起来像信息系统出故障一样。信息流里显示了一系列业务和服务的清单，但每个条目都更新了一条停用通知。所以这个地方可能并不是阴魂不散，而是在关闭的边缘摇摇欲坠。

我在等待飞船完成停靠的时候，查看了分析结果。威尔肯和格斯都是安全顾问，受雇于独立公司"晚安登陆者"旗下一个致力于调查事件真相的研究小组。这家独立公司日前刚刚申请了为"灰泣"组织遗弃的仿地形设施挂上已废弃的标志，并且建立了牵引器阵列防止其解体，现在他们正式启动接管程序。研究小组的工作就是进入该设施，并就其状况作一份报告。

这可正是担保公司会派出护卫战士前去完成的那种合约，这种合约我履行过的次数比我记忆中的还要多。但从威尔肯和格斯在过去 20 个周期里的谈话内容来看，她们根本就没提到过担保公司和护卫战士。我真心希望她们不是歧视护卫战士，所以才没在对话中谈到。

如果这事涉及一家为护卫战士提供安保的公司的话，我就不得不放弃我的计划了……虽然我自己也说不清我这个计划到底是要去做什么。我身体构造的变化也许只可以骗过扫描器，是骗不过护卫战士的，一旦有哪个配备机器人发现我，就会立刻通报给它们的中枢系统。一个反叛的护卫战士真的极度危险，你就相信我这一回吧。

在等待飞船进行完停靠程序的时候，我想起停靠过程中产生的碰撞声可以掩盖任何小动作发出的噪声。于是我就把背包拉了过来，打开了我右臂上和能量武器边缘接触的皮肤，把我买来的记忆夹都插进了这个空隙里。多了这些东西，我感觉自己的手臂既奇怪又笨重，但我会习惯的。我不打算背包，所以想把它放在柜子里。

飞船终于成功靠岸，威尔肯和格斯收拾好她们的装备，离开气闸锁，进入了站台。我从储物柜里钻出来，通过站台的公共频道入侵了安全系统。大多数摄像头都处于未激活状态，扫描器也只供环境安全检测和损坏探测时使用。他们似乎更担心自己的设备出了故障，而不是有人试图盗窃或者搞破坏，但也可能是因为这里本来就没多少人。

我把储物柜里的东西重新放好，并确保自己没有留下任何存在过的痕迹，然后快速浏览一下四周，想看看两个人类有没有遗漏什么东西。结果不走运，什么都没有找到。我犹豫了一下，考虑要不要带走这艘飞船上的无人机。毕竟在没有多少摄像头可以依靠的时候，有无人机傍身也是个不错的选择。但是维修无人机比我平时用的那种无人机要大很多，主要是为了容纳它们用于修理的那些小胳膊、小手。我最终决定花时间搜刮这艘飞船上的无人机实在是得不偿失。

我做了一些其他的调整。我让这艘飞船在港口的时刻表里将自己标注为"维修中"状态，还让它以为只有获得我的授权才能离开。反正这艘飞船能自己照顾自己，而拥有它的那家公司在这套系统中的权限也不多，所以只要它在这里停留的时间不超过原定起飞时间的几个周期，我就敢肯定不会有人跑来检查它的情况。这个码头上的飞船太少了，我可不想被困在这里。

我等待飞船锁循环开启后走出去，发现登船区空无一人。由于缺乏足够的照明，这鬼地方阴影幢幢，但即便处处笼罩着阴影，也掩盖不了大块地砖上的刮擦痕迹和污渍。空气循环系统送来一阵微风，吹起一张孤零零的食物包装纸，就好像这地方连清洁都没人搞了。周围没有无人机，也没有搬运机器人。外面来了两台巨大的无人操控升降机，正从飞船上卸下分离舱，准备运走。能听到它们砰砰的碰撞声，看到它们在近乎死寂的信息流里互相发送数据，对我来说无异于是一种安慰。我不喜欢在挤满了人类的大厅里穿行，因为他们都喜欢盯着我看，跟我进行眼神接触。但奇怪的是，走在空无一人的大厅里竟然也令我感到毛骨悚然。

我在少数几个还能工作的安保摄像头上发现了格斯和威尔肯的身影，于是开始跟在她们后面。她们没有朝上面的居住层走去，而是走向了下面的登船大厅。信息流中没有旅游地图的信息，但是入侵摄像头给了我进入站台维修系统的权限，于是我拉取了一张结构图出来。除了能最低限度维持站台运转的必要区域

之外，其他区域全都关闭了。我想知道"晚安登陆者"独立公司申请在中转站回收废弃设施的举动，究竟是不是众望所归。毕竟我刚一踏进来就对这地方没什么好感了，而那些人还要过来住呢。

我手上有冻结摄像头和从摄像头中删除拍到我的影像的代码。我在更加困难的情况下也使用过这些代码，现在我又将它稍作修改，这样才方便用于这个站台专有的安保系统。不过，说真的，我面临的最大的危险其实是可能有人会从下面的等候厅里抬头望见我，然后想："嘿，那是谁啊？"好在站台大部分地方都是一团漆黑。

我跟着威尔肯和格斯走到登船大厅的尽头，又走上一段斜坡，朝结构图上显示的港务局办公室所在地走去。

当我经过斜坡顶部的船闸交会处时，一个五彩斑斓又十分明亮的东西突然出现在我面前，吓得我差点儿尖叫起来。原来是某个货运服务商用能对动作产生反应的标记涂料，制作并投放的一条广告。他们还在信息流里投放了一小段视频，免得你没看到这条闪你一脸的广告。一般情况下，这种标记涂料只用于紧急撤离，因为即使停电了，它们还是一样能发光。我以前从来不知道它们居然还能应用于广告。这种标记的作用明明在于它们是断电时唯一可见的东西，不管是谁都能很容易看见它们。哪怕没有这种突然弹出的广告遮挡住紧急撤离路线，想让愚蠢的人类跟着标记走也已经很困难了。

我提醒自己，我现在的工作已经不再是保护人类的安全了。但我还是非常讨厌这些标记广告。

我又查看了一下摄像头，在港务局区域发现了威尔肯和格斯。她们站在办公中心外面，那里有三层透明圆形玻璃，能够俯瞰下面本来应该是商场站台的地方。这是一个开放的广场区域，头顶上有一些弧形的地铁运输管道，还有一个巨大的球状显示屏，目前正悬在空中保持待机状态。它周围是层层叠叠被阴影所笼罩的街区和空荡荡的门面，这些地方本来应该变成咖啡厅、酒店、货物中间商、中转办公室、科技品商店等。大部分地方看上去好像从来没有人搬进去过，也许根本就没有完工；其余的地方都大门紧锁，只留下一些四处飘荡的飘浮显示屏。

我拐进一条走廊，如果这里真的有人住过的话，这条路应该可以从港务局区域通向主要居住街区。我在几乎一片漆黑的地方走着，直到我发现了一个空着的小房间，可能是为某些从来就

没有安装过的设备预留的，于是我就伏低身子蹲在了里面。我现在可以好好监视摄像头了，不用再担心会有哪个站台工作人员走过来发现我。一架无人机从我信息流的边缘扫过，被我一把抓住，并且取得了它的控制权。它本来是在港务局办公室外面进行漫无目的的巡逻，现在我用它来为我提供更加清晰的画面与音频。

威尔肯和格斯正在和两个新来的人类交谈，旁边还站着一个人形机器人。我有很长一段时间没有亲眼见过这种人形机器人了，它们都只出现在娱乐频道上。它们在公司领地并不怎么受欢迎，因为那些拥有特定功能的机器人能比它们做得更好，而且只要能接入信息流，它们的数据存储功能也就没那么起眼了。与合成体不同的是，它们并没有克隆任何人体组织，只有一具裸露的金属机体。虽然能举起重物，但又不像搬运机器人和任何一种货物升降机那样专业。

在我看过的一些娱乐媒体里，人类经常会让人形机器人来扮演邪恶的叛变护卫战士，威胁主角们的生命安全。也不是说我就特别生气什么的。这样其实挺好的，因为那些从来没有和护卫战士合作过的人类，就会以为我们真的长得像人形机器人，根本就不知道我们实际上长什么样。

所以我一点儿都没生气。一点儿！都没！生气！

我不得不在无人机摄像头的信息流里往前翻了一点儿，才能跟得上那边的进展，因为我刚刚一直忙着压抑突然爆发的怒火。第一个新来的人类说："我叫堂·阿本恩。"她朝另一个新来的人类做了个手势，"这位是我的同事海瑞恩，还有我们的助理米琪。"她犹豫了一下，"职业中介向两位介绍过我们的情况了吗？"

"他们只说你们要找个保镖。"威尔肯瞥了一眼那个机器人，后者很明显就是米琪了。它站在那儿，歪着头，用一双圆球似的大眼睛望着她。人类主动介绍机器人的情况并不常见，这还是我的委婉说法。格斯面无表情，看起来正在努力表现出一副很专业的样子。威尔肯继续说："你们要去那个仿地形设施做一个初步评估，而你们和'晚安登陆者'独立公司签订的合约要求一个安保小队来保障你们的安全。"

阿本恩点点头说道："我希望我们不会真正用上两位的专业技能。但是废弃仿地形设施的那家公司并没有继续维护卫星监控，而自从他们离开之后，就没有人再去过那里了。我们认为那

里已经空置许久，但没有办法确认。"

"中介说过这可能是个潜在的问题，好像是仿地形工程的防护罩阻止了站外扫描？"格斯说。

海瑞恩回答道："没错。我们知道它的状态还算稳定，因为公司安装了牵引器阵列让它不至于散架，不过我们知道的也就这么多了。中转站一直在监控这个设施，你们也看见了，那里并没有巡逻飞船在确保安全。"

她的意思是可能有匪徒闯进那个设施里了。不过如果他们真的那么做的话，也就算不上什么好匪徒了，因为他们忽略了头顶中转站的威胁。再说了，匪徒一般都是抢了就跑，不会逗留在一个日渐崩毁的仿地形设施里，更别说住在里面了。

实际上，根据我在安保方面的经验，如果真的有什么东西想要逗留并生活在一个日渐崩毁的仿地形设施里，那才真是比匪徒还危险。

格斯和威尔肯交换了一下眼神，也许她们也有同样的想法。威尔肯问道："设施被废弃的时候，里面是否可能存在活跃的生物体？"

"工作人员离开之前，那些生物基质就被封存了，甚至可能都被销毁了，"海瑞恩做了个手势，就好像弹走手上什么东西一样，"就算没有，它们对空气污染的可能性也很小。"

威尔肯的表情还是十分专业，一脸冷静，不依不饶地追问道："我指的不是细菌。有没有体形大到足以构成威胁的生命体？"

这就对了，就连我都比这两个调查专家更了解仿地形设施可能具有的威胁。

海瑞恩咬了咬嘴唇，脸上出现了一种放空的表情。在我看来，这是人类通常试图努力掩饰自己的情绪才会露出的表情，尤其是当别人无意中说了些笑话的时候（这就是为什么我纠结了很久，才最终下定决心放弃我的装甲，因为隐藏面部表情实在是太难了，就算人类也不行）。

堂·阿本恩皱了皱眉，她的表情让人觉得只有她听懂了威尔肯的笑话。她说："那些基质不可能用来培养比细菌更大的生物体，而且他们也没有理由把更大的生物体从星球表面带进设施内部。当然了，我们无法确切得知这一点。所以我们还是应该尽量小心。"

威尔肯似乎接受了这个说法，没有继续追问下去。她频频

追问也是有道理的。毕竟安全顾问的工作，就是对客户拍胸脯保证的一切正常保持怀疑（至少护卫战士的客户们都喜欢彼此保证一切顺利，而这所谓的一切顺利很快就会土崩瓦解）。

阿本恩和海瑞恩带着两位安全顾问走进了港务局，她们暂时和里面那些鬼魅般的站台管理人员住在一起。她们又谈了谈关于完整简报和团队准备的事，并将出发时间敲定在 16 小时之后。人形机器人米琪跟在她们后面，然后又停下了脚步。它转过身，抬头看着我操控的无人机。它歪了歪头，我能看出它的目光正聚焦在摄像头上。

我让无人机飞走了，还抹去了它被暂时接管的这段时间的记忆。它充满困惑地向港务局系统发送了一个重新定位的请求，然后又摇摇晃晃地飞回了之前的巡逻路线上。

米琪一动不动，仍然用它那双表面不透明的眼睛望向黑暗之中。信息流里并没有留下什么蛛丝马迹，它不可能知道我在这里。

随后米琪就朝四面八方发送了一条消息。就像处在黑暗中的一声呼喊，只是想看看周围有没有人愿意回应它。

我检查了一下自己是否泄露了信号，又收紧了防火墙，并且提醒自己一定要多加小心。虽然站台的信息流里寂静无声，但并不意味着没有人在听。"晚安登陆者"独立公司这支探险小队可能正在用她们带来的设备搭建自己的信息流，不过站台工作人员里还是有人在给升降机器人下达指令，说不定还在检查安保报告。这地方实在太过安静了，有可能米琪已经找到了那个我不小心撞上的标记。也许它在原本空荡荡的频道里听到了一声叹息，那也太恐怖了，连我都感觉心里发毛。终于，它跟着它的主人走进了港务局建筑群里。

我溜出了小房间，沿着黑暗的大厅去找一个更好的藏身之处。

我想办法从维修通道和装载走廊中间绕了过去，来到离港务局不远的一个空置的商用升降槽。经过一番悉心钻研，我终于成功从港务局办公室里的两个摄像头上看到了画面。对啊，就只有两个摄像头。居然还有人类不喜欢通过安全系统、中心系统或者无人机来监视每个人的一言一行，反而要依靠人类主管来处理站台事务，我以前还从来没见过这种怪事。一个摄像头安装在港口交通控制的中心枢纽；另一个则安装在以前的应急修理枢纽，也就是现在的站台控制中心——这两个地方才是一旦出了问题，

你就必须第一时间知道情况的重要地点。换句话说，像食堂、洗手间或者私人宿舍里根本就没必要安装摄像头。这里的人好像都不在乎别人的言行举止，只要没人想炸毁站台或者砸烂升降机器人就行了（对我这个花了成千上万个小时，分析又删除人类吃饭、做爱、洗澡、上厕所视频的倒霉合成体来说，能不用再做这些事真的是一种解脱，不过也就那样吧）。

幸运的是，"晚安登陆者"独立公司的探险队和站台工作人员之间的对话就比较随意了。我捕捉到了足够多的对话，听出来他们准备的第一次评估是一次短期评估，只需要在设施里待上12小时，对其状况进行一个初步的估计，然后就回到中转站来分析他们的发现，休息一段时间后再次回到设施中去。听起来很完美。12小时应该够我找到我想找的东西了。

我还听到了他们的飞船会从哪个升降槽离开，以及什么时候往飞船上装载补给。但我还是需要有人帮忙才能登上这支探险队的飞船，因为这里并没有多少尚在活跃的系统可以利用，我的选择真的很有限。

我必须得和那个愚蠢的宠物机器人交个朋友。

"你好，米琪。"

"你好呀！你是谁？"它立刻就回复我了。

我用米琪发来的消息地址建立了一个加密通话频道。阿本恩和其他人已经完成了准备工作，正要休息一段时间，然后再动身前往仿地形设施。这样我就有 3 小时的时间来哄骗这个机器人。我觉得应该用不了那么久。

我说："我是一位安全顾问。'晚安登陆者'独立公司和我所属的安保公司签订了一份合约，要确保你们小队能安全完成任务。"它试图通过信息流给阿本恩发消息，但被我拦截了。"你不能告诉任何人我在这儿。"我以为它会问我是怎么接管它的信息流，又是怎么跑到这个站台上来的。我自认为我已经预料到它会提出的大多数问题，并且准备好了答案。

但它却说："为什么不呢？我有什么事都会告诉堂·阿本恩。她是我的朋友呀。"

说真的，我刚才把它叫作"宠物机器人"的时候，还觉得自己太过夸张了。我本来已经预计这次行动会有很高的糟心程度了，差不多 85% 吧，结果真实情况可能比我预想的还要更伤脑筋。现在已经高达 90%，可能还会达到 95%。

我想办法让自己的反应没有暴露在信息流里。这可真的太

不容易了。我说:"为了确保堂·阿本恩和其他人的安全,我们必须得保密才行。我们不能冒险让任何人知道这件事。"

"好呀。"它说。我不知道它是不是认真的。它不可能这么容易就被说服了吧。说不定它只是在顺着我的话说,这样它就能伺机举报我?但它又说:"**请答应我,一定要让堂·阿本恩和我所有的朋友们都好好的,可以吗?**"

我有种很可怕的感觉,它可能真的是认真的。我又没指望着它是个能与阿特比肩的智能机器人,但这到底是什么鬼?人类难道真的把它编码成了一个像小孩或者小宠物一样的东西吗?还是说它的代码是自己发展成这样的,人类怎么对它,它就会变成什么样?

我犹豫了,因为我并不想看到一群人类惨死(又一次),但我又不是他们的护卫战士,甚至都不是他们假装成强化人类的安全顾问。在不能让他们看到你的情况下,你要怎么保护他们的安全呢?但人形机器人还在等我回答,我又很想让它信任我,于是我说:"我答应。"

"嗯嗯。你叫什么名字呢?"

这话杀了我一个措手不及。机器人没有名字,护卫战士也没有名字（我给自己起了个名字，但那是我私人专属，不对外的）。于是我用了我给艾尔斯那帮人的假名。那群可怜又可悲的人类，跟公司签了卖身契，可能到现在才明白过来那其实是一桩赔本买卖。"我姓林。安全顾问林。"

"那不是你的真名吧。我能从信息流里看出来这句回答得真的很含糊。听起来不像是你的真名。"

很明显，和我所设想的一样，米琪能从信息流里得到更多的信息。我知道这个就够了。我对它的质疑毫无防备，而且我的缓冲区里也没有任何稍微有用的东西。于是我默认了，诚实作答（我知道，我也很惊讶）："我希望别人叫我林顾问。我不会告诉任何人我的真名。"

"好嘛。我明白了，林。我会成为你的朋友，不会告诉别人你在这里的。我们一起帮助堂·阿本恩和我们的团队。"

"好的。"（我差点儿也说"好嘛"了）我不知道这是默认回答还是我对米琪作出的庄严承诺。不管怎样，它要么就把我的事告诉人类，要么就不告诉，而我如果想继续的话，就只能假设它不会告诉。"你能给我你们穿梭飞船的系统权限吗？我要确保它是安全的。"

"好呀。"然后数据就从信息流里发过来了。

虽然他们嘴上说的是穿梭飞船，不过这其实是一艘供星系内部使用的太空探索飞船，有两层船员居住区，还有一个货舱，现在改造成了一间生物实验室。它不具备穿越虫洞的动力，不过它可以去到这个星系内的任何一个角落。船上没有主控电脑，只有最低限度的自动驾驶系统，在大气层飞行器里倒还挺常见的。但如果所有能操作飞船高级功能的人都受伤或者丧失能力了，这个自动驾驶系统也就形同虚设了。不过从另一方面来看，既然飞船上没有主控电脑，也就没人能利用杀手软件入侵了。

这艘穿梭飞船上也没有独立的安全系统。我以前在公司边缘地之外拍摄的剧集里看到过，他们都觉得飞船内部安全没那么重要，认为关注的焦点应该在于潜在的外部威胁，而不是监管飞船内部人员。我本来没觉得这是真的，但这个站台对监控员工的宿舍生活似乎并没有多少兴趣，这两种情况恰好不谋而合。而我那些"奥克斯守护组织"的客户也一样。于是我就对"奥克斯守护组织"的生活产生了些许好奇，但我又迅速改变了这种想法。那里肯定是个很无聊的地方，大家都会盯着护卫战士看，和别的地方也没什么两样。

　　米琪给了我全部的访问权限，所以我就在飞船的记忆里逛了逛，看了看它之前的行程。这是一艘很舒适的穿梭飞船，甚至连座椅衬垫都非常干净，公司通常是绝对不会提供这么好的环境的。这又是"晚安登陆者"独立公司对他们这项回收计划费尽了心血的表现之一。这艘飞船很可能是装在大型运输飞船内部的货物分离舱里运来的，或者是由一艘专用补给运输飞船——像我之前坐过的那种——拖过来的。

　　我得像阿特藏在我的信息流里那样，藏进米琪的内部信息流里，不过我不需要像阿特那样在中转站和星球之间进行远距离操控。好就好在穿梭飞船上有很多地方可以藏身，这样我就用不着把自己塞进柜子里了；坏就坏在没有什么系统可以充当我的耳目，我只能借用米琪的眼睛和耳朵了。

　　哇，这趟旅程真的让我从心底里感觉很激动呢！

　　"米琪，我需要用你的系统来监控你的——朋友们，"我花了足足1秒钟的时间才憋出来米琪想听到的那个词，差点就说成"客户"了，"我需要你来充当我的摄像头，并且让我使用你的扫描功能。有时候我可能需要假装成你的口吻，通过你来转达一些话，这样才能警告堂·阿本恩和其他人不要去我认为有危险的

地方。你能让我这么做吗？"

显然，我手里已经有了米琪给的这些权限，大可以接管它做我想做的事情，然后再抹去它的记忆。我对那艘补给飞船就是这么做的，但补给飞船只是一个低级的机器人，还没有足够多的自我意识，我做什么它都没有反应。对米琪这么做的话……但我也不知道如果它拒绝我，我又该怎么办。

米琪说："好吧，我会照做的，林顾问。虽然听起来有点儿吓人，但我真的很希望我的朋友们不会受到任何伤害。"

这是不是太过容易了。我几乎都怀疑这是个陷阱了。然后我说："米琪啊，是不是有人指示你对每一个问题都回答'是'或者'好'？"

"不是呀，林顾问。"米琪说，然后又补充了一句，"表情符号 376＝'微笑'。"

又或者说米琪是一个从来没有被虐待过，也没有被欺骗过的机器人，人类对它只有宠溺的善意，从来没用别的方式对待过它。它真的认为人类是它的朋友，因为人类真的也把它当朋友来对待。

我发了个信号告诉米琪我要退出 1 分钟。此刻我的心情太复杂了，必须一个人待会儿。

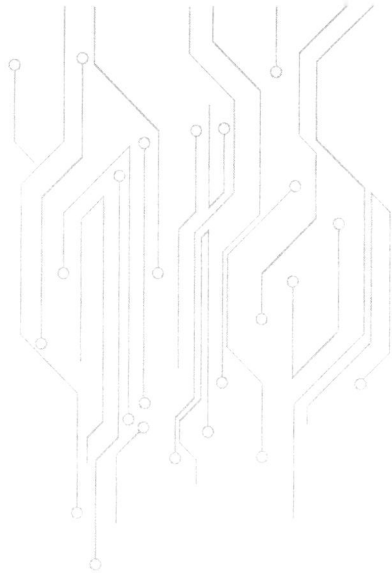

第三章

////////////

　　我用站台上搬运机器人的运送通道穿过了废弃的商场，回到了登船区域。穿梭飞船停靠在港务局附近，幸好还有个摄像头在正常工作。我有了这个区域的画面，看到区域内并无危险。从米琪的信息流里，我知道有两个机组人员在飞船驾驶舱里进行飞行前检查，其他人还在站台实验室里做最后一次清单检查。

　　我冻结了摄像机的频道，一路狂奔，时间恰好够我穿过阴影笼罩的登船区，来到飞船气闸锁前。我提交了米琪给我的进入密码。锁循环打开了，吹来一阵清洁过的空气，我的扫描显示这可比站台上的空气干净多了，闻起来也很清新。我走进去，关上锁，然后从日志中删除了我的条目。

　　我正利用和米琪信息流之间的联系，监听人类评估小队的动向。我听到飞船驾驶舱里，其中一个强化人类飞行员凯达说："海瑞恩，是你吗？"

海瑞恩回复道:"什么？我还在港务局呢。我们准备要下来了。"

"真奇怪，我好像听到舱门打开的声音。"

"但是日志里并没有开门的记录。我看是你听错了。"另一个飞行员维博尔补充道。

"那我现在就去检查一下，看是你错还是我错。"凯达对她说。我已经走到了工作区的通道上，取道生物实验室向补给仓库走去。船上有一个搬运机器人的空槽位，但因为货舱已经改成了实验室，这个机器人也就被卸载了。这地方比补给飞船上的储物柜要宽敞多了，至少我可以坐在甲板上，背靠着墙，虽然还是没办法伸直腿。不过我其实也不需要伸直腿，所以还是挺不错的。周围一片漆黑，但既然我脑中有活跃的信息流，黑不黑的也就不重要了。

米琪问我:"你还好吗，林顾问？"

我又检查了一遍，想确定我们之间的联络是绝对保密的，人类听不到，强化人类也接收不到回音。没什么大问题，因为我已经完全掌控了米琪的信息流，但每次要跟它说话之前，我可能还是会不停地检查，因为我已习惯安全检查这项工作了。"我

没事。你就叫我林吧。"我觉得这样叫会听着稍微没那么刺耳。以前达潘、拉米和玛罗她们也叫我"顾问",但她们叫就顺耳多了,不过……我也不知道是怎么回事,我现在心里烦得要命,又说不清是为什么。

"**好呀,林!我们是朋友啦,朋友之间就是会互相叫名字的。**"米琪说。

这下我知道我为什么烦了。

米琪帮探险队把最后几件设备和测试仪器从上面搬下来了,而我一直通过它的眼睛注视着这一切。他们把设备从气闸锁搬进来,然后找地方放好。我能听到他们在信息流中的谈话,似乎终于能出发了,他们都很激动。总共有四位研究人员和两位穿梭飞船的机组人员,他们都是"晚安登陆者"独立公司的雇员,以前也一起工作过,现在都在不耐烦地等待他们的安保人员现身。堂·阿本恩忽然抓住了米琪的手臂,对着摄像头露出了微笑。我真庆幸我没有想要控制米琪的动作,因为我立刻就会本能地想往后一缩,结果头撞在了储藏室的墙壁上。

没人会这样抓住护卫战士的手臂。我居然到现在才明白这是人类给予的一种特殊待遇。

　　我还是不擅长仅凭外表来判断人类的年龄。堂·阿本恩眼角和嘴角的暖棕色皮肤上都出现了皱纹，她那长长的黑发之间夹杂着银丝，但据我所知，染发也是一种可选的美容项目。她笑起来的时候，深色的眼睛也跟着笑了起来。她说："我们终于要出发啦，米琪！"

　　"太好啦！"米琪说。从它的信息流里，我能看出它是发自内心地高兴。

　　米琪帮海瑞恩把防护服放好，然后就默认在它的人类朋友们存放个人装备时，随机跟在他们后面。我建议米琪走出实验室，去仓库区域，因为威尔肯和格斯就在那里整理她们的设备。虽然米琪的扫描功能比不上我的这么灵敏，但它的视觉有我没有的放大能力（这就是安保配备机器人和科研助理机器人的区别之一）。

　　我让它仔细看看两位安全顾问正在打开的箱子，它就给了我一个近距离的视角，当格斯把箱子搬起来放进储物柜里时，它还把画面分成了不同的视角。我本来在补给飞船上就想看清楚她们带了什么，但是她们收拾装备的速度太快，如果让无人机去查看的话，可能会引来一些不必要的注意。格斯瞥了米琪一眼，放

好箱子，问："你看什么呢？"

我告诉米琪："你说是堂·阿本恩想让我来问问你们，看你们存放装备的时候需不需要帮助。"

米琪歪着头，一字不漏地重复了我的话，只有一个纯然无辜的机器人才能说出它的这种语气吧。

格斯微微一笑，说道："不用了，谢谢，小乖乖。"

威尔肯咯咯地笑出了声。

小乖乖？认真的吗？（机器人在被视为恐怖杀人机器和被当成小婴儿来对待的这两种态度之间，总该有一个让人舒服的平衡点吧。）我催促米琪赶紧回到它的朋友身边去。当它退出来，走到通道上时，问道："林，为什么她们不愿意让我们看她们的箱子？"

不是每个人都想让宠物机器人把扫描器伸到他们的私人物品里去窥探的，但我有点儿心不在焉，所以只告诉它："我也不知道。"从外形上看，箱子里装着武器、弹药和好几套高端的自我调节装甲，这种装甲我也只在媒体上见过。公司从来没有给过我们这么好的装甲，当然了，说句公道话，我们的装甲也只不过差到了定期会被炸烂的地步而已。她们的装备里没有无人机，不过人类并不擅长使用安保无人机。要有多声道处理器才能指挥它们，而多数没有植入大量强化设备的人类是做不到这一点的。她们就算没有无人机，看起来也准备万全了。也许她们没有理由准备得这么周到。

我心里纠结着如果有机会的话要不要趁机偷点儿东西。自我调节装甲简直诱人极了，如果我能在代码上做些改动，那就更完美了。不过前番种种努力，好不容易才帮我从各种武器扫描器前面混过去；穿上这么笨重的装甲只会让我更容易被抓住。

米琪走到控制甲板下面的船员区，阿本恩和海瑞恩坐在一起，布雷斯和伊吉罗坐在一起，凯达和维博尔就坐在我们头顶上的驾驶舱里。几个人类把船上的椅子转了个方向，面对着弧形有软垫的沙发，大家都望着舱室中间飘浮的球状显示屏。从上面显示的结构图来看，他们正在商量一条穿过仿地形设施的拟定路线。我正小心翼翼地潜藏在他们的个人信息流里，这时候阿本恩拍了拍她旁边的座位，说："坐吧，米琪。"

米琪挨着她坐在了旁边的沙发上，其他人也都没什么反应。就好像这一幕完全是正常的。

"你想不想亲眼看看设施内部长什么样，米琪？"海瑞恩边

问边把示意图转到了一个新的角度，"看了这么多地图，我都看烦了。"

"我真的很想亲眼看看！"米琪附和道，"我们会认真做好这一次评估，然后就可以去执行下一个新任务了。"

伊吉罗大笑出声，然后说道："真希望这么简单就好了。"

布雷斯说："不管是简单还是困难，至少我们迈出第一步了！米琪可能都不想再和我们一起下马斯棋了。"

"我喜欢下棋。如果可以的话，我真想天天和你们一起下棋。"米琪说。

我不得不退回到我身处的这个黑暗小隔间里。我又有小情绪了。这次是愤怒。

在曼莎博士买下我之前，我坐在人类座椅上的次数屈指可数，而且还从来没有在客户面前坐过椅子。

我甚至都不知道我为什么会有这样的反应。难道我是在嫉妒这个人形机器人吗？就是因为不想沦为宠物机器人，我才会从曼莎博士和其他人身边逃开（当然，曼莎博士也没说过她就是想买个护卫战士当宠物。是我觉得她根本就不需要一个护卫战士在身边）。米琪这个机器人有什么值得我羡慕的？我不知道。我从来就不知道自己想要的究竟是什么。

　　是啊，没错，我也知道这可能就是造成我目前困境的主要原因。

　　我回到了米琪的信息流里。堂·阿本恩说："要记住，你和人类相处的经验还很有限。我们都把你看成是家人，但对于其他人来说，你只是一个陌生人。这可能就是安保小队不想让你看她们东西的原因。"

　　什么鬼？我在米琪摄像头的记录里往前翻了一点儿，想找到我错过的那部分对话。原来是米琪问阿本恩，为什么它看了一眼威尔肯的箱子之后，格斯会有那种反应。好在阿本恩当时一边回答一边在看设施的结构图，有些分心了，所以才没有问它为什么会跑去安保小队那里东看西看。如果她想起来要问这个问题，米琪会把我的事告诉她吗？它会怎么回答这个问题？

　　我可以按照原定计划直接接管米琪，但是它和阿本恩与其他人之间的互动实在是过于复杂了。我觉得我没办法伪装成它；之前那出假扮安全顾问的戏我就已经演得很辛苦了，而且那次还不是想要骗过身边熟识的人。说实话，我连自己都骗不过。就我这演技，基本可以告别更多角色了。

我尽量让自己听起来既不紧张也不愤怒，说："米琪，要记得你说过不会告诉堂·阿本恩关于我的事情哦。"

"我不会的，林。我答应过你。"看见米琪这么平静又自信，我的性能稳定性忍不住又下降了 2%。

我成功控制住了自己的怒火，没有宣之于口。在米琪代码编定的行为中，如果它有问题的话就要去问堂·阿本恩。我必须确保它提出的问题我都尽量彻底解答，很明显一句"我不知道"是不能阻止它去问别人的。

海瑞恩问阿本恩："到目前为止，你觉得我们的安保小队怎么样？"

阿本恩说："说真的，我觉得她们人挺不错的。虽然她们好像对仿地形设施并不了解，但也没什么关系。"

我想可能还真有关系。不过护卫战士的教育模组都是垃圾，我对仿地成形这个过程的了解也仅限于在完全不关心的状态下，偶尔听到的一点儿知识，所以这方面我也算不上什么权威。

透过米琪的眼睛，我看到海瑞恩瞥了另外两个人一眼，另外两个人正在谈论着校准什么东西。她压低了声音，说道："我想也是吧。毕竟她们也就只有两个人，要是遇到匪徒袭击，可能也帮不上什么忙。"

阿本恩哼了一声，说："如果我们遇到袭击者，便立刻撤出，返回中转站就行了。"

要是见到袭击者再逃跑，那恐怕就来不及了。

一定是我的反应在信息流里暴露了，米琪才会焦急地问："你会保护大家的安全，对吗，林？"

"是的，米琪。"我对它说。因为这是我编的故事，我总得继续编下去。

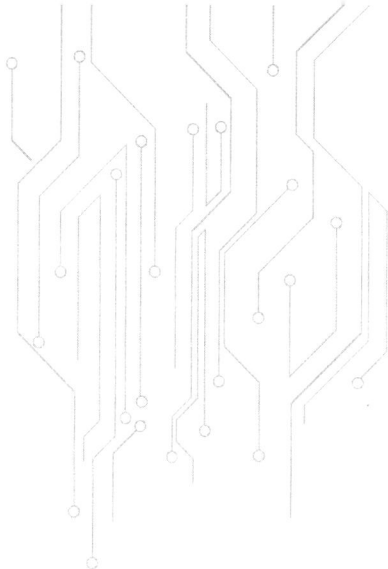

第四章

/////////

在米琪的信息流里，我拿到了仿地形设施的扫描图，上面还叠加了一张原始规格的结构图。哈哈，这下我知道我该去哪里找我想要的证据了。

通过米琪的摄像头，我看到了穿梭飞船显示屏上的可视化接近过程。看来我们已经穿过了牵引器阵列，根据它发给空间站的自动报告来看，它仍然以最佳容量运行着。

这个设施是位于大气里面的一个巨型平台，比头顶那个站台大多了，甚至比一个完整的中转环还要大。大部分空间都是为吊舱准备的，这些吊舱里面装有庞大的引擎，就是这些引擎实际控制着仿地成形的过程。这颗行星本身的样子很难看清，因为设施悬在一个永不停息的风暴层上面。里面处处电闪雷鸣，云层翻涌，遮盖了地表的景色。

"所有的环境读数看起来都保持在比较好的水平，"凯达的声音从驾驶舱里传来，他通过信息流分享了一张读数的图片，"你们确定还要全副武装地下去吗？"

我一下子就紧张起来，这群人类肯定会回答错误答案的。"米琪，告诉她——"但阿本恩回答说："是的，我们会严格执行全套安全协议。"这就意味着她们会穿上全套的防护服，有过滤器和紧急空气供应系统，而且还能为脆弱的人体提供一些保护。"直到能够对环境做一个全面检查，并且接管设施总控之后，我们会再做一次新的评估。"

我放松了下来。然后我又一次提醒自己，这些人不是我的客户。

米琪说："没事儿的，林。堂·阿本恩一直都很谨慎。"我见过很多小心谨慎的人，到头来还是一样送了命，不过我并不打算对米琪说这些。

透过米琪的双眼，我看到阿本恩穿上了装备，准备开始第一次评估流程。凯达和维博尔留在飞船上，其他人都要跟着阿本恩和米琪下去。

威尔肯率先离开了飞船气闸锁，把她头盔上的摄像头拍摄到的视频发到了信息流中。我们降落在吊舱里一个仅供乘客使用

的码头上，这个登船区域算不上大，无法容纳重型设备或者标准型号的搬运机器人。电源是开着的，不过只提供最低限度的电能。脚边地板上、墙中间和墙顶上都有应急灯光带，但是头顶更大的应急灯坏了。就算没有头盔摄像头的特殊滤光片，这些光线也足够让人类看清了。

把飞船停在这里算是一个好主意吗？结构图显示我们上方就有一个更大的多用途登船区域。这个小型装载区易守难攻，但如果出了什么问题，也可能会给想要回到飞船上的队员们造成更多的困难。

很难说这到底是不是一次错误的判断。人类在安保方面真的不太行，这个事实无论放到哪儿都一样成立。像我遇到这种情况，就会先部署好无人机，让人类留在密封好的穿梭飞船内，然后自己打头阵，先出去看看。我会先评估一下这个设施（也就是说，我会以身做饵，四处走走，看看有没有东西会跳出来袭击我，以此来确定这里有没有不速之客），确定安全无虞之后再把人类带进来。但还是别管我了，有时候我也不知道自己在做什么。

当威尔肯向前移动的时候，她的装甲也不断通过团队信息流发回视频。她穿过船闸，进入走廊。我注意到周围并没有遭到破坏的迹象，墙壁和地板上只有少数磨损与剐蹭，这些都是正常使用后留下的痕迹。阿本恩、海瑞恩、米琪走在中间，布雷斯和伊吉罗跟在后面，格斯走在最后。我把自己的注意力分成了七个部分，用来监视每个人的头盔摄像头，再加上米琪。我也在监听团队信息流和通信频道，不过这些也都是米琪传回来的。阿本恩说："米琪，你接收到什么信号了吗？"

"没有，堂·阿本恩。"米琪说。它在扫描有没有常驻系统的信号活动。既然这个设施是"灰泣"组织建造的，那我就有理由相信这里的中心系统和安全系统都是我见过的，或者至少是兼容的。

这地方到处都是安保摄像头，只不过没有启用。米琪是对的，这里除了死气沉沉的空气之外什么都没有，设施内的信息流没有任何活动迹象，虽然电灯和周围环境都还有电。

"也许他们觉得启用摄像头的话会让系统看见自己有多孤单，对吗？林，你是不是也这样觉得？"米琪说。

我想知道阿特藏在我脑子里的时候是不是也觉得我就是这么蠢。也许吧，不过如果真的遇上这种情况的话，阿特很可能会

出言讽刺我的。

"可能是这样的吧。"我说。因为我知道如果我现在不回答米琪的问题，它很可能转头就会不小心把我出卖给旁边最近的人类。但紧接着我又想到，在"晚安登陆者"独立公司宣布所有权之前，这个地方原本是要被丢弃在这里等待倒塌，或者在大气层中燃烧殆尽的。于是我补充了一句，"也许'灰泣'组织在撤离的时候移除了常驻系统的中央核心。他们想减少损失。"要让这么复杂的一个设施正常运转，他们肯定在安全系统和中心系统上花了一大笔钱。我不知道"灰泣"会怎么做，不过我所属的那个公司肯定不会把这么大一笔钱扔在这里不管。

然后米琪就开口说道："堂·阿本恩，也许'灰泣'组织在撤离的时候移除了常驻系统的中央核心。他们想减少损失。"

这他妈的又是怎么回事？

"有道理。"海瑞恩在她的通信频道里戳了戳，然后补充说，"好像有干扰，还是屏蔽？我接收不到站台的消息了，但还是能听到穿梭飞船频道里凯达和维博尔的声音。"

伊吉罗拉取了一份信号干扰的样本到他的信息流里进行研究，然后说道："没错，这里的屏蔽是比较严重的，可能是由于大气造成的干扰。"就好像是听到有人叫它一样，一阵突如其来的信号静电干扰，遮挡了信息流长达 1.3 秒钟。

"天气不太好，"维博尔在通信频道上评论说，"小心下雨，要收衣服哦。"

队员们咯咯地笑了起来，米琪也在团队信息流里发了一个表情符号。呵呵，真是一个喜欢开玩笑的团队呢，一点儿都不担心。威尔肯和格斯则忽略了这段小插曲。

走在最前面的威尔肯踏入一条走廊，进入了一个更大的空间，她装甲上的扫描器告诉她，这里并没有任何生命迹象。她四处走走看看，确保这个房间内没有威胁，然后便示意其他人也进来。这个空间在示意图里面并没有标注出来，不过房间内有消毒隔间，靠墙的架子上也存放着环境防护服。人类们用摄像头照了照四周，和上次一样，没有可见的破坏痕迹。布雷斯说："这是个清洁设施吗？我还以为这里的生物吊舱是分离且密封的。结构图上就是这么说的，不是吗？"

"我敢肯定你说得对。"海瑞恩说。她检查了一下旁边一个消毒隔间的面板。面板还有电，不过所有的隔间门都是向上打开的（这可真让人松了一口气。如果有东西藏在隔间里面，那可就

不好玩了）。海瑞恩想让面板下载一份使用报告发到信息流里，然而它的内存是空的。

我查看了一下凯达和维博尔的状态，他们都十分专注于自己的信息流，虽然凯达仍然保持着一个对站台开放的频道。确实有一些干扰，不过他们还是能接收到站台港务局发来的消息，并作出应答。很可能就是大气的屏蔽造成了身处大气内部的小队不能与站台联系。

不管怎样，我也该行动起来了。我从我的那个储藏小空间里溜了出来。我穿过走廊，打开了气闸锁，而且还不准它把这一事件记录到日志里。在站台上的时候我偷溜上船，凯达就听到了锁打开的声音，不过这一次他正忙着在信息流里监控小队的动向，所以没有注意到。

我走了出去，进入设施内部更凉爽的空气中，让锁自己关好并密封。

研究小组已经离开了消毒室，要去检查生物吊舱的状况。我开始沿着走廊往前走。我之前也曾时不时地想念过穿装甲的日子，一般都是在不得不穿过人多拥挤的中转环时，才会产生这种念头。在为了逃命被迫放弃装甲之后，再加上我还和艾尔斯那群人共度了一程，已经差不多习惯了和人类交谈以及进行眼神接触，虽然我还是一点儿都不喜欢。

但这次我是因为感觉到了身体不适才想念我的装甲，这还是破天荒头一次。

我悄无声息地经过了消毒室，穿过出口走廊，然后转向一条远离生物吊舱的岔路，朝地形观测舱走去。这条走廊和我在团队信息流里，通过米琪的摄像头看到的并无两样：没有被破坏过，没有匆忙撤离的迹象，只是一条静悄悄的走廊而已。

我不知道我心里为什么会期待着看到惨遭破坏后的景象和人类员工仓皇逃窜的迹象。也许是我又想起拉维海洛的事情了。你可能以为我既然已经故地重游过了，也搞清楚了事情真相，那这部分记忆也该逐渐烟消云散了。结果并没有，至少没那么快。

这地方不该这么古怪的，但它古怪得要命。我一直在后台监控着米琪和他们团队的进程，所以我很清楚他们现在走到哪儿了，他们的声音也弥补了信息流中的寂静。但这个地方让我的人类皮肤在衣服下面感到隐隐刺痛。我真的不喜欢这种感觉。

我说不清楚究竟是什么让我感到心绪不宁。扫描器什么也没发现，这个地方远离人类小队，除了空气系统吹出的细微声响

之外，就没有别的环境声音了。也许是因为我无法访问这里的安保摄像头吧，不过我还去过没有摄像头的更加凶险的地方。也许这是一些潜意识里的东西。说真的，感觉不太"潜"，就是我"意识"到的东西。可能叫前意识，或者浮意识？算了，不管了，反正这里也没有知识库可以查。

小队正沿着一条外部走廊前进。在他们的左侧，可以透过巨大的球状玻璃窗台看见风暴中紫灰色的云旋涡，而在他们右边，有通往各种不同工程堆的开放式通道闸。阿本恩和米琪之间有一个私人通话频道，她对米琪说："这个地方让我浑身起鸡皮疙瘩，米琪。"

"我也觉得。虽然这里空荡荡的，但好像随时都会有人出现在我们面前似的。"米琪说。

嗯，米琪这话倒是没错。前面的空气中有什么东西在闪闪发光，但当我来到电梯间的时候，发现它只是一个紧急标记显示屏，飘浮在天花板下面，用30种语言写明了紧急撤离程序。中心系统可以提供不间断的翻译服务，我猜非公司政治实体的信息流中也有类似的东西，不过在紧急情况下，考虑到信息流可能已经不能用了，确实有必要保证逃生指令是清晰可见的。现在它就飘浮在这里，兴高采烈地在空无一人的巨型建筑里执行着它的职务。

我拍了拍我和米琪的私人频道，说："我准备用电梯了，米琪。如果你的扫描器发现了功率波动，请不要告诉任何人。"

"好呀，林。你要去哪儿呢？"

"我要去地形观测舱看看。这是我职责的一部分。"我给电梯发了个指令，1.5 秒后它就到了，这时候我才想起，我之前告诉米琪我的工作是为评估小组提供额外的安全保障。哎呀，不小心说漏嘴了。

"要小心呀，林。这个地方让我们浑身都起鸡皮疙瘩了。" 还好，米琪理解什么是职责，也没想起来要追问我。

电梯门关上，呼的一声就开走了。它划出一道弧线，经过用于大气扩散的巨型灯泡旁边，我拿着结构图来追踪它的轨迹。我考虑过对米琪说实话，告诉它我来这里是为了收集"灰泣"组织可能涉嫌违法开发外星遗迹的数据，不过我所做的一切绝不会伤害到他们的团队或者"晚安登陆者"独立公司的利益。但我知道米琪肯定会立刻把这件事告诉阿本恩的。说实在的，就算只靠他们自己，研究小队也会很快就发现仿地形设施内部有一些很可

疑的地方（比如乘客锁旁边就是消毒室，如果仅仅是搞仿地形工程，你根本就不需要消毒室，但如果你是在搜刮外星生物遗迹的话，那可能就有必要了）。但如果米琪把这一点告诉阿本恩，她肯定会问它是怎么知道的。在这种情况下，我知道米琪一定会把我的存在告诉阿本恩。它在面对直接提问的时候是不会撒谎的。

谁又能知道一个没有心的杀手机器人还会遇到这么多的道德困境呢（是啊，这就是所谓的讽刺吧）。

电梯停了下来，门打开了，外面是又一条空旷寂静的走廊。我沿着走廊转了一圈，找到了通往主要地形观测中心的大舱口。这是一个庞大的半圆形空间，天花板的一部分是清晰透明的。我之前在米琪和几个人类的摄像头上看见过风暴，但亲眼所见和通过界面来解读真的是两种截然不同的体验。云层就像一个变幻不息的建筑结构，各种不同的云色与其说是在翻涌滚动，不如说是在缓慢凝重地移动。眼前这一幕是如此地广袤无边、美妙绝伦，还带着一丝不可思议，而这些感觉竟然都是在同一时间产生的。我稍后一计算，才发现我居然在那里足足站了 22 秒，仅仅是因为无法从面前景色上移开眼。

一定是我的情绪流露到了信息流里，因为米琪说："你在看什么，林？"

就是这句话让我从震撼中惊醒了，我回应道："只是在看风暴。地形观测舱有一个清晰的穹顶。"

"我能看看吗？"

我想不出什么理由拒绝它，于是就复制了一份视频，从中清除了一切可能将我识别为护卫战士的代码，然后通过信息流发给了米琪。"好漂亮呀！"米琪说。

跟着阿本恩走下斜坡的时候，米琪又把视频反复播放了几次。他们来到一个电梯间，但电梯内部不够大，不能让他们一次全部搭电梯走，而威尔肯非常理智地拒绝分头行动。在威尔肯的摄像头上，我看到了悬在空中的标记显示屏，上面有针对潜在生物性危害的描述符号；他们快过来了，我必须得快点儿行动。理想的情况是当他们检查完生物吊舱时，我就已经藏回了穿梭飞船里面，舒舒服服地看起了《圣殿月亮的升与落》。

访问控制台已经关闭了，数据存储器也被完全移除，比起只进行一次系统删除，这样做要安全得多。但我也没打算去那里找线索。

结构图上显示这个设施使用过挖掘机（实地地形是半自动

作业……然后我就记不清了，很明显我把这些知识从我的永久储存中删除了。不管怎么说，它们并不是机器人，只是地形系统的扩展组件）。挖掘机有它们自己的机载存储器，主要是供程序和任务使用，它们也有扫描功能，如果发现了什么，就会在日志里记录下来。我找到并且启动了它们的界面控制台，没错，挖掘机还在附近，就藏在地形观测舱下面，蜷缩在比我们的穿梭飞船大上 3 倍的储藏间里，没有母系统的控制，它们都处于非激活状态。

有了这个界面，我就可以在不唤醒它们的情况下，复制它们的存储器内容。有人曾经想要命令它们删除所有日志（这样做会让这些挖掘机的保险失效，不过我猜既然这个设施的命运注定是倒塌在星球上，那挖掘机的命运自然也就没有人在意了），不过那个人不太走运，挖掘机只是把它们的日志扔进了缓冲区里，而缓冲区超时，在自动删除之前它们就被关闭了。

数据量很大，不过我可以创建一个查询，来排除所有操作命令和其他无关的内容。我必须建立一个直接的连接，将数据复制到我先前植入的额外记忆夹里，这就意味着我又要把右前臂武器端口周围的皮肤剥开一次。等到我做完这件事，剩下的事也就水到渠成了。我坐在控制台的边缘，面朝着门口，开始在后台播放《圣殿月亮的升与落》里我最喜欢的一集，借此打发时间。不过我还是保留了一个频道用来监控米琪和团队信息流。

我这边刚完事，米琪那边就问我："林，是你吗？"

我被打扰了，就暂停了剧集，把自己从控制台和那些处于沉睡中的挖掘机上解了下来。我知道他们小队还在生物吊舱中心那边（正在对生物基质设备进行物理评估，而且还打算重启控制台），所以这个问题根本就没有意义。"什么是不是我？"我问道。

"这个。"米琪听上去很困惑，又很担心。它给我发来一个音频片段。我听到人类们在通信频道上相互交谈，海瑞恩和伊吉罗在说话，格斯对此发表了几句评论。

"这对话有什么问题吗？"他们谈的是一些防护配备不在原位上，我不明白米琪为什么会这么困惑。"我还在地形观测舱里。"

"不是的，林，我说的是这个。"米琪重新播放了这段音频，去掉了其中的通信音轨，这样人类的声音就小多了。它说的是环境声，我能听到空气系统的声音。我也能听到轻微的撞击声，就

像心跳声一样快……不好，这下糟了。

我浪费了 0.002 秒的时间才把一段代码扔进米琪的信息流里，我还以为自己是在响应另一个护卫战士。直到我来到地形观测舱的舱口，我才意识到话必须要说清楚，否则米琪根本就不理解该怎么办。我动作迅猛，冲过转角，沿着走廊朝电梯间奔去。"米琪，有个潜在的敌人正朝着你们的位置移动。确定方向，然后警告你的客户们，按这个顺序来。"

米琪扩大了扫描范围，当它把所有注意力都转移到音频上的时候，其他感官都变暗了。它旋转着，想尽量扩大视野。我仍然能接收到人类信息流里传来的通信信息，听到格斯问："这小乖乖在干什么呢？"

"怎么了，米琪？"阿本恩问。

"林——"米琪已经不再用人类的语气跟我说话了，而是直接给我发来了紧急援助请求，附带一份原始音频数据。我早就应该发现米琪不是一个安保机器人，它没有用于处理这种事件的代码，也没有人告诉过它紧急情况下应该怎么做，它根本就不知道怎么面对有活性甚至可能有知觉力的敌人。我来到了电梯间，但那个该死的电梯居然回到某个默认设定的位置去了。

在等待这个垃圾电梯回来的几秒钟里，我只能像个白痴一样站着，为了不浪费时间，我做了一次快速的分析，并且将分析结果与设施的结构图做了对比。我标记了米琪、人类们，还有那个敌人的位置，然后把图塞进了米琪的信息流里。米琪已经开口说道：“堂·阿本恩，有什么东西冲着我们来了。我们必须通过外面的走廊赶快回到穿梭飞船上。”它把我那张动态示意图发给了人类们。

电梯门开了，我走进去。在去往目的地的路上，我将米琪仍在处理的环境音频与示意图上我标注的推测动向进行了对比。不管这个东西是什么，它的移动速度都比我第一次推测显示的要快得多。我告诉米琪：“没时间撤退了，让客户找地方避险，尝试封锁区域。”

米琪对阿本恩说：“堂·阿本恩，它离得太近了，我们得待在这儿，把门封上。”

威尔肯和格斯终于明白过来发生了什么事，我听到她们在对评估小组喊话，让他们退到走廊上，赶快返回穿梭飞船。

我没必要再看一遍我的推测图了。他们根本就不可能顺利撤到走廊尽头。这就是为什么人类不应该负责安保工作；情况变

化太快了，他们不可能跟得上。

电梯已经按照我的指示来到了生物吊舱，这是离小队位置最近的电梯口。门开了，我一出去就撞上一堵震耳欲聋的声音墙：有人在尖叫，有能量武器在开火。我沿着走廊跑过拐角。

有关这一幕究竟是什么样的，我也要等到稍后通过我和米琪的摄像头才能还原这个情景，因为当时就连我也满脑子想的都是"惨了，怎么会搞成这样"。

威尔肯和格斯想办法把几个人从生物吊舱中心救了出来，爬上斜坡，来到一个和另外三条走廊交汇的岔路口，这几乎可以算是整片区域最腹背受敌的地方。我的意思是，如果我想袭击谁的话，这地方就是最佳地点。

我没有时间对这件事极尽讽刺，因为威尔肯和格斯开始用武器朝向左弯曲的走廊里开火了。而那边连应急电源灯都熄灭了，我一时看不出来她们是在朝什么东西开火。伊吉罗靠在远处的墙上，一下子又滑坐在地板上，就好像有什么东西把他甩到了墙上一样。右边的走廊通往生物吊舱的下一个区域，一道锁和一扇沉重的舱门正在滑动关闭。米琪正在尽力按照我的指示行动，就是它触发了墙上的紧急关门装置。布雷斯摇摇晃晃，就好像被什么东西撞了一下，阿本恩抓住她的胳膊，帮她站稳了。

　　所有人类看起来都还完好无缺，虽然威尔肯和格斯先前犯了错误，不该在这里和袭击者短兵相接，不过好歹也已经赶走了对方，现在正试着通过信息流让她们的客户赶紧撤离，而我也准备先撤了。紧接着，在舱口和墙壁之间的缝隙里，有什么东西一闪而过。它的速度太快了，连我也没有认出它究竟是什么东西，除非再回放一遍我录下的视频，仔细查看。我几乎都没来得及动弹，它就从米琪身边飞奔而过，抓住了堂·阿本恩的头盔，把她拽进了缝隙里。

　　我穿过交叉口，向他们冲过去，躲开米琪和布雷斯，撞到墙上，利用我的冲力向上爬了 2 米，这样我就能和堂·阿本恩的身体平齐了。我让自己顶在角落里，一只脚抵住即将关闭的舱门，用力推开，就连我的无机部分也感觉到了压力。我恐怕没办法一直这样撑下去。

　　阿本恩乱踢的腿踢中了布雷斯，把她踢倒在了地板上。米琪是唯一速度快到能够做出反应的机器人。它抓住了堂·阿本恩的躯干，它的信息流里全都是紧急救援代码的尖叫。我用一只胳膊抱住了阿本恩的腰，死死抓住她的一只手臂，而我的另一只

胳膊拼命挣扎着抓住米琪。

如果不是阿本恩穿了这套防护服，那她就已经被撕成两半了；如果不是舱口有安全传感器，让我们有时间清理障碍物，那她就已经被压死了。我浪费了3秒钟的时间，想尽量看清那个抓住她头盔上像蜘蛛一样的东西究竟是什么。结果看到它是红色的，有8条多关节的肢体，我目前能看清的就只有这么多了。然后我就想到了最直接的解决办法。这里的空气是可以呼吸的，就算是呼吸了受污染的空气也能随后再治疗，现在最要紧的是保住她的头。

我顺着她的脖子摸了一圈，因为不熟悉这种防护服的设置所以动作比较慢，紧接着，我的手指就碰到了那个小小的键（如果我穿着装甲的话，绝对不可能及时发现这个分离键，我手上覆盖的人类皮肤要敏感得多）。我按下这个键，扭动了一下，紧急释放装置就松开了她的头盔。头盔在门上卡了接近整整1秒钟，这时间足够我从门上推离并转身落地了。然后门那头的怪物就把头盔从门缝里抢了过去，舱门啪的一声关上了。我抱着堂·阿本恩的双脚着地，幸好她的头还在。

她倒在我身上，喘着粗气，双手紧紧缠在我的夹克衫上。

米琪站在我肩膀后面，心急如焚地在信息流里戳动着，用它修长的手指轻轻撩起她的头发，想检查一下她的脖子。米琪说："堂·阿本恩，你需要医疗救助吗？堂·阿本恩，请回答我。"

格斯和威尔肯不再向走廊里开火了，我的扫描器也显示，不管她们要打的是什么东西，那东西早就跑了。布雷斯倒在地板上，喘着气说："怎么回事——你是谁——"而伊吉罗蜷缩在墙脚，大叫道："阿本恩！"

我祝贺自己又进行了一次非常出色的救援（因为从来没有别人祝贺过我）。而人类安保顾问才刚刚注意到有怪物想偷走她们客户的头。然后格斯说："那不是个护卫战士吗！"

所有人类的目光都转向了我和阿本恩。更重要的是，威尔肯和格斯把她们的枪口对准了我。唉，杀手机器人，你看看你都做了些什么？

连我自己都不知道。我怀疑这是因为我以前必须听从别人的命令，不管做什么都会受到监视，而现在我可以随心所欲，想干什么就干什么。就是在这个转变的过程中，我的冲动控制力彻底失灵了。

想顺利脱身的话，唯一的办法就是杀了他们。

如果我这么做的话，我就必须把他们全都杀了。包括米琪和阿本恩。她侥幸保住的头还靠在我的锁骨上，她的头发和我人类皮肤相接触的地方还是温暖而柔软的。

好吧，既然唯一明智的做法是杀光他们，我就只能选择一个没那么明智的做法来脱身了。

我确保了我的表情和声音都是护卫战士最中立的表情和声音，说道："我是安全顾问林女士麾下的一个护卫战士，是'晚安登陆者'独立公司派她来为评估小组提供额外的安全保障。"我只能承认自己是个护卫战士，因为没有任何一个强化人类能做到我刚刚做的事。再说了，我的右边袖子仍然是卷起来的，我前臂上的武器端口暴露无遗（端口周围的无机部件，看起来勉强像是用来矫正损伤的强化设备，但武器端口就是武器端口，一点都不像别的）。

这时我才想起来米琪也在场，我还对它说过我是一个强化人类安全顾问。我曾经进入过米琪的信息流里，而且我们的联络这么密切，就算我的防火墙一直保持着开启模式也无济于事。米琪肯定知道那个一直和它交谈的林顾问就是眼前这个护卫战士。是啊，我确实应该趁着还有机会的时候就接管米琪，现在已经过了这村没这店了。

在我和米琪的私人通话频道里，我说："求你了，米琪，我只是想帮你们。"

米琪朝我歪了歪头，又朝阿本恩歪了歪头。阿本恩还是有些头晕目眩，可能是脑震荡了，她仍然没有放开抱着我的手。她抬起头来看着我，茫然地皱起眉头。为了更好地照顾受伤的人类，我调高了身体温度，防止她休克。她说："米琪，这是谁？"

米琪说："**安全顾问林是我的朋友，堂·阿本恩。我必须得向你隐瞒，这样才能确保你的安全。**"

呃。这不算是撒谎，但也不完全是事实。也许米琪还是有一些隐藏深度的。

我看见格斯向威尔肯投去一个惊讶的目光。威尔肯想有所反应，但控制住了。她们没有在信息流连接里说话。凯达的声音从穿梭飞船那边传来，他想知道事情的最新进展，并且询问团队是否需要帮助。布雷斯扶着墙让自己站起来，还是有些发抖，缓缓说道："伊吉罗受伤了。阿本恩，你还好吗？发生了什么？"

阿本恩点了点头，然后又畏缩了一下。她拍了拍我的胳膊，推开了我一点儿，我让她自己站好。"我没事……"在信息流里，

她让凯达先不要轻举妄动。然后她又大声说："伊吉罗，你伤势如何？"

"我肩膀受伤了。"伊吉罗说。他因疼痛而绷紧自己的脸，从声音也可以听出来。我本来想拍拍医疗系统，结果才想起来我没有医疗系统（我早就把这个地方的系统逛遍了，所以才知道没有）。伊吉罗补充道："那些是什么东西？我没看清楚，只看见一个形状。"

威尔肯和格斯还在用她们的武器瞄准我。这个角度上有堂·阿本恩和米琪挡着我，不过如果威尔肯和格斯中有一人移动了，那我就必须做点儿什么了。

然后米琪开口道："堂·阿本恩，海瑞恩失踪了，她的信息流和通信频道都没有任何回复。"

啊哦，这可不妙。他们不是我的人类客户，所以我也没有清点过人数。我查看了一下海瑞恩的频道，感觉阿本恩、威尔肯、格斯、布雷斯和伊吉罗都挤进来了，大家都在呼唤她。她的信息流仍然在线，不过没有活动迹象。这就意味着她还活着，但是失去了意识。我的扫描范围有限，什么都没发现，米琪也一样。

在穿梭飞船的通信频道里，我听到维博尔骂了一句什么，凯达让她闭嘴，只管听着。

阿本恩脸上露出了惊恐的表情。在公共频道里，米琪重播了我来之前最后几秒钟的画面。将图像分帧拆解之后，我看到一个快速移动的阴影从生物吊舱主通道的走廊里袭来。在米琪按下舱门紧急关闭键的时候，它只是一个出现在传感器中的幽灵。米琪立刻转身向通往中央设施的走廊跑去，但已经来不及了。它只拍到了海瑞恩被拖走时，身穿那件防护服上指示灯消失的那一幕，然后威尔肯和格斯就朝着她被拖走的方向开火了。事情发生得太快，我觉得威尔肯和格斯并没有意识到敌人已经抓走了海瑞恩。

当人类们观看团队信息流里的视频时，伊吉罗看起来很不舒服，布雷斯轻声咒骂了几句。阿本恩转向格斯和威尔肯说道："我们得把她找回来。那些东西到底是什么？你们为什么拿枪指着我？"

她们不是在用枪指着她，而是在指着我，只不过我正好站在她身后。威尔肯说："堂·阿本恩，在我们把整件事弄清楚之前，你最好离那个护卫战士远点儿。这个林顾问究竟在哪里？就藏在设施里吗？这与我们从'晚安登陆者'独立公司得到的简报

并不符合。"

阿本恩本来还处在受惊过度的状态中，但我几乎可以看见她的大脑在迅速恢复正常。她摆正了头，表情变得强硬起来，反驳道："海瑞恩被抓到哪里去了？是谁抓了她？安保工作是你们的本职工作，可你们并没有做好。"

威尔肯的立场没有动摇，说道："在开始寻找她之前，我必须搞清楚为什么这个护卫战士会在这里。这是个合理的问题。"

米琪在信息流里发消息对阿本恩说："**求你了，堂·阿本恩，林是我的朋友。请你告诉她们你知道林在这里。**"

我还以为阿本恩绝对不可能会听这个宠物机器人所说的话（当然了，她的宠物机器人对事实真相也就是一知半解而已，它恳求的话里并没有说清楚林顾问和护卫战士其实是同一个人，所以它的话也谈不上有什么价值）。

阿本恩将她愤怒的目光转向威尔肯和格斯，说："我不知道林也在这个设施里。是我们出发的时候'晚安登陆者'独立公司通知我的。监管部门派林来提供额外的安保——"她向我投来一个捉摸不透的眼神，"是林顾问派你来的吧？"

幸好我没有傻傻地站在那里，既然她给了我这个台阶，我当然要跟着下了，说道："我是和林顾问有合约的护卫战士。林顾问在站台上，是她用她的穿梭飞船把我送过来的。"

格斯说："没人告诉过我们。"威尔肯瞪了她一眼。她们之间还是没有通过私人信息流连接对话。她们其实还有很多问题可以问。按照我描述的这个情景，一个客户派一个护卫战士来为另一组客户提供安全保障，这从技术上来说是可行的，但会违反担保公司的规定和保险条例。但格斯已经不再瞄准我了，转而将枪对准应该对准的地方——那条依旧敞开的走廊。海瑞恩就是在那里被敌人抓走的。

阿本恩厉声说道："我不管有没有人告诉过你们！我们必须找到海瑞恩！布雷斯，你把伊吉罗送回飞船上；格斯，你跟他们一起去；威尔肯，你要么就帮我，要么就把枪给我，然后和其他人一起回飞船上去。"她转到信息流里说，"凯达，把我们的情况通报给站台港务局。告诉他们我们还不确定袭击者是谁，以及让他们小心提防星系里潜在的袭击者。"凯达回复了已知悉。

我忍不住要说了，我是真的很喜欢有决断力的人类（尤其是不打算向我开枪的那种有决断力的人类）。我说："林顾问已经下达过指令，只要你们有需要，我就会帮助你们。"我一直让自

己的眼神保持在阿本恩身上，因为护卫战士就该这么做。护卫战士会和客户交谈，让那些拿枪的人听到你们的对话，再让他们自行决定有没有能力面对你的威胁（他们真的应该好好掂量自己的分量，慎重决定）。

威尔肯急匆匆地说："我们是安保小队，当然应该一起去找了。不过你还是应该和格斯他们一起回到飞船上去，找海瑞恩的事有我和这个林顾问的护卫战士一起去就行了。"

伊吉罗挣扎着站了起来，布雷斯架起他没受伤的那只胳膊，扶着他站稳了。布雷斯说："我在信息流里和凯达联系上了。维博尔正在准备医务室。"

既然我现在已经表露了自己护卫战士的身份，我也理应告诉他们："不要坐电梯。敌人可能控制了电梯系统，这样会直接把你们带到危险面前。"

"我知道。"格斯厉声说。

我也知道你知道，蠢蛋。

布雷斯朝我点点头，答应我说："我们不坐电梯就好了。"她对阿本恩说，"一定要小心啊！"

阿本恩说："你们也是。要和凯达保持联系。"她转向威尔肯说，"我没有时间再和你吵了。我们得走了。"

米琪转身沿着空荡的走廊向前走去。格斯不得不给它让路。阿本恩捡起头盔，跟在了米琪身后。威尔肯犹豫了一下，不过还是在信息流里轻轻拍了拍格斯。格斯示意伊吉罗和布雷斯该走了，说："走吧，没事的。"

我一直等到威尔肯开始跟着阿本恩往前走，并且加大步伐走到最前面之后才动身。我走到阿本恩的旁边，把布雷斯的信息流放在了后台，这样我就可以密切关注这群人返回穿梭飞船的动态。

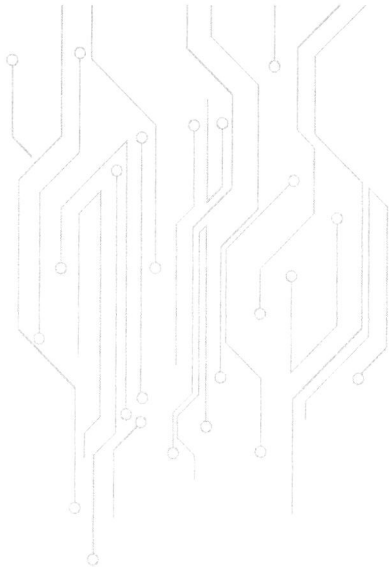

第五章

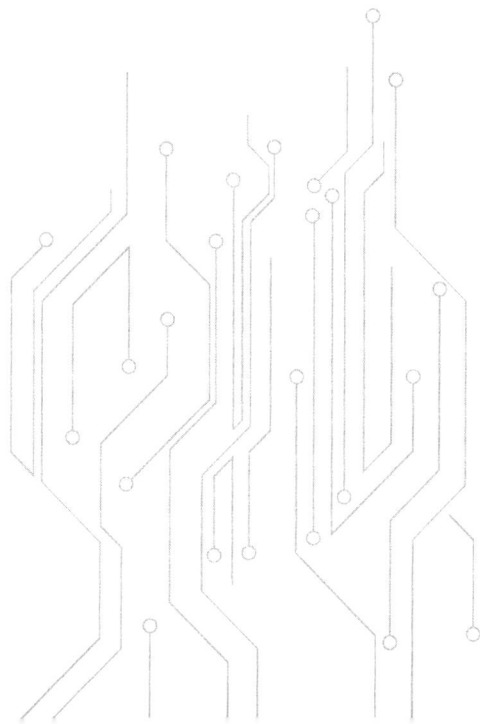

/////////

威尔肯为了让自己听起来像个能够胜任的专业人士，而不是刚刚才害得一个客户被绑架的糊涂蛋，便开口说道："由于我的扫描范围十分有限，扫描器上面并没有显示什么踪迹。不过只要海瑞恩的信息流还在，我们就可以顺着这个线索找到她。"

你才想到啊？米琪早就提出了这个想法，而且发消息告诉了阿本恩。我什么都没做，因为目前我还在努力与自己的惊恐做对抗。

我通过私人频道拍了拍米琪，结果又不知道该说什么好（要是说谢谢你没有揭露我的谎言似乎太直白了）。然后米琪先开口说道："你救了堂·阿本恩，林护卫战士。"

"你是不是一直都知道我是个护卫战士，米琪？"我觉得我有必要回顾一下我和米琪之间的对话，看看是哪儿露了馅。

"我不知道护卫战士是什么意思。我的知识库里并没有包含这一内容。如果你不叫林的话，我又该怎么叫你呢？"

"就叫我护卫战士吧。"不知怎么回事，我又把自己当成了一个安全顾问，而这次我甚至都拿不到一张硬通货卡作为报酬。和往常一样，我怪不了别人，只能怪自己。不过我觉得也出不了什么大问题。我们只需要找回海瑞恩，然后我再想一个理由，解释一下我为什么要搭他们的穿梭飞船回去，接着再说我必须要回去找林顾问了，这样就可以溜之大吉了。

而且说不定不仅不会出大问题，还会有意外收获。如果"灰泣"组织就是这次袭击的幕后黑手，那么我就可以把拍下来的视频和下载的地形舱数据作为证据一起发给曼莎博士。

走廊里很黑，通过威尔肯摄像头发回的视频，我可以看出她用了夜视镜。当我们经过的时候，地板和墙上的应急标记灯都接连亮起。阿本恩轻声骂了句什么，因为她想重新把头盔戴上，但是我帮她把头盔拽下来的时候不小心把那个键弄坏了。她俯身把头盔放在地板上，问威尔肯："你知道是什么东西袭击了我们吗？是什么机器人吗？还是取回装置？"

实际上，这是个很有道理的猜测。我有一张比较清晰的蜘蛛腿状不明物体抓拍图，我想着如果拿它和生物吊舱的库存清单

对比一下，就会发现它其实是一种获取地表样本设备的辅助物，或者就是这个设备本身的一部分。但由于设施主要系统的核心被移除了，库存也就无法运行了。我的想法是，那个被米琪听到正在接近的敌人激活并使用了取回装置，以此来分散小队的注意力，趁机抓走海瑞恩。威尔肯说："我的摄像头没有拍到那个东西。我相信是一群匪徒躲在设施里，利用留在这里的设备来对付我们。护卫战士，林顾问能不能证实这一点？"

我说："林顾问没有别的情报了。"因为反正我连一张硬通货卡都拿不到，又何必替她做她的本职工作呢，我说得没错吧？

在信息流里，阿本恩问米琪："米琪，你确定这个林顾问值得信任吗？她是什么时候联系你的？"

"在站台上。林顾问是我的朋友。'晚安登陆者'独立公司派她来确保你的安全。"它补充了一句，"你差点儿就受伤了，威尔肯和格斯根本就没有出手帮你。"

"她们当时在保护伊吉罗和布雷斯，所以才无暇顾及我。"阿本恩心不在焉地说。她的心思明显在别的事情上，可能是在想我编的故事究竟有多糟糕。

我不希望她仔细思考一个凭空冒出来的护卫战士和她们

（可能是虚构的）安保顾问承包商这两者同时出现的可能性有多高。于是我拍了拍她的频道，说："堂·阿本恩，你可以通过这个频道私下和我对话。我向来会和我的客户们保持联系。请注意，林顾问已经将你指定为我的首要客户，而你的安保小队不在这一行列。"

我想让她知道我是站在她这边的，而不是对她们一视同仁。我可能应该再仔细琢磨一下再开口。既然威尔肯和格斯明显不相信她们还能把海瑞恩活着救回来，我敢肯定在这种情况下几个人类会分边站。

这就是人类安保顾问的又一个问题了：他们可以选择放弃。

阿本恩花了点儿时间来重新梳理目前情况，然后问我："你知道是谁抓走了海瑞恩吗？"

我发现虽然她之前已经和威尔肯交流过了，但还是直截了当地又问了我一遍。看来阿本恩也觉得这次行动有站队的必要。我说："我认为你是对的，我也觉得那是一个取回装置。敌方的盘算是在撤退之前，至少抓走团队的一名成员，并且杀死或者重伤其他成员。这不是一伙匪徒会做的事。"我补充道，"他们的计划可能是把你拉到设施更深处，然后杀死其他人，并且希望能够

引出更多还在穿梭飞船里的成员，这样就能把你们一网打尽。"粉饰太平对情况毫无助益。客户必须相信你对情况的评估是准确的（我也明白我的客户从来就不会相信）。

她花了 3 秒钟才明白我们所做的事可能正中敌人下怀，然后说道："但我们必须把海瑞恩救回来。有办法对付敌人吗？"

"你已经和他们正面相遇过了。他们不知道你还带着一个护卫战士，这便是你的优势。"如果一个人类说这种话，那肯定是自负之谈。但作为一名护卫战士来说，这说的就是事实。就像我杀特蕾西之前告诉过她的那样，我只是告诉你我接下来要做什么。

我们沿着黑暗的走廊往前走，阿本恩又沉默了 5 秒钟，然后她问："你是不是一直都知道这里有危险？知道我们会遭遇袭击？"

"我不知道，直到米琪提醒我有什么东西正在接近你们的位置时，我才发现。"这是真话。我恨不得自己现在能躲在穿梭飞船里看娱乐媒体，哪想蹚这趟浑水呢！"林顾问也没有关于设施内敌人的情报。"

"那当时你在哪儿？林派你来这里做什么？"

　　我内心摇摆不定。我是该撒谎呢，还是说真话呢？我说的话必须和我告诉过米琪的事情相符合，而那也只能算是我谎言的一部分，虽然阿本恩可能不会注意到我的犹豫，但米琪肯定会注意到，除非我立刻就作答。"我在地形观测舱里。我在收集'灰泣'组织可能违反《奇特合成物条约》的数据。"我铤而走险地说了真话。

　　"这样就说得通了。"她犹豫了一下，"如果海瑞恩还活着的话，你能救她吗？"

　　"能。"我很肯定。

　　"那就好。我们要尽全力救出她。"阿本恩松了口气说道。

　　好像说实话确实会为我赢得回报。

　　我们从黑暗的区域里走出来，来到另一条灯光不充足，但可以看清路的走廊上。威尔肯说："堂·阿本恩，你以前有没有和护卫战士共事过？"

　　"没有。它们在家用系统中是非法的。"她很不耐烦。除非是能救出她朋友的妙计，否则她现在不想听威尔肯说的任何话。

　　我们接近了一个路口。威尔肯通过信息流发来暂停信号，然后停下来进行扫描。我一直都在扫描，但获得的读数都不怎么

准确。一定是风暴造成静电干扰的。威尔肯接着说道："我知道你和你的机器人很亲近，但那个东西和米琪不一样。它是个杀人机器人。"

阿本恩抬起头来看着我，虽然我可能不该这样，但我还是看向了她。原来进行眼神接触又不惊慌失措是这么容易的一件事，也许是因为我已经习惯了通过米琪的信息流看她的脸。她摸了摸脖子，取回装置想把她的头拧下来的时候，头盔在她脖子上留下了一圈压痕。她的眼神再一次落到了威尔肯的背影上，在我们的私人频道中，她说："我以前从来没有和护卫战士见过面，更没有互动、共事过，所以如果你需要什么信息或者指示的话，就请告诉我吧。"

"我是遵照林顾问的命令来帮助你的。剩下的我自己会处理好。"有人类问我该怎么给我下命令，这还是破天荒头一遭。这种新鲜事我倒还觉得挺有意思的。威尔肯的扫描器接收到了一些干扰信号，和我与米琪在扫描范围边缘碰到的是同一种静电干扰。我们继续往前走，去到走廊的右边。阿本恩问我："你能告诉我为什么'晚安登陆者'独立公司没有通知我第二次评估也在进行吗？"

　　对于这个问题，我都已经想好答案了，回复道："'灰泣'组织被指控谋杀了'德落'调查小队的成员，还攻击了一个来自'奥克斯守护组织'的小队，而这些事都发生在公司边缘地内部的一颗待评估星球上。等你再一次接入新闻信息流的时候，可以查看'自由贸易港'的资料以获取更多信息。我们有理由怀疑'灰泣'组织曾利用这个仿地形设施进行非法活动，还试图阻碍其他公司对这一设施的回收工作。"这些都是真话，而且我说出来感觉也还不错。

　　"我明白了。所以'灰泣'是在利用这个设施进行奇特合成物的开采工作，而不是在进行真正的仿地形工程。他们怀疑只要有人对剩余设备进行详细的检查就能揭露这一点。"阿本恩听起来很严肃。

　　"也许吧。"我很肯定就是这样，但长期以来我已经形成了说话留有余地的习惯，免得自己说错了丢脸或者丢命。虽然时常躲不过调控中枢的惩罚，但总还是值得一试的。在没有仔细查看并深入分析地形观测舱的数据前，我们都不能完全确定。"林顾问认为最好是把找回数据的任务和为你们团队提供额外安全保障相结合。"

走廊尽头是一片空地。威尔肯发信号让我们暂停，然而她想做的扫描我在 5 秒钟之前就已经做完了。示意图上说这是吊舱之间的过渡区。前面阴影闪动，不过我能分辨出那是由于外面反光造成的。左边有一个很大的观景窗，很像我在地形观测舱里见过的那个，只不过这个在墙上。阳光和白云透过窗户，将影子映照在地板上。

威尔肯用她的扫描装置完成扫描之后，就示意我们和她一起继续前进。干扰变得更严重了，但我并没有听到有什么别的声音。我问米琪："你能弄清楚是什么导致扫描器发出噪声吗？"

"不能，护卫战士。我把这种噪声和天气造成的静电干扰进行了比较，结果看起来是一样的，不过却有着不同的来源。真奇怪呀！"

威尔肯带路走进这个更开阔的空间，我们踏入了透明墙壁另一侧阴云翻涌投下的影子之中。她大部分的注意力仍然集中在扫描器上。我们头顶的龙骨弯曲盘绕，闪烁映衬出外面持续不断变幻的云层。这里有三道高高的拱形闸门，现在都朝着通往不同吊舱的黑暗走廊敞开。在四分之三的地方有一个展览室，对面是那堵透明的墙，旁边有更多走廊通道。米琪的信息流定位器指向这一层右边的第三条走廊。

"这并不奇怪，是有人在故布疑阵，利用天气造成的干扰来掩盖一些信号。"我对米琪说道。我对此也感到无能为力，心生沮丧。我想念还有安全系统可以用来做分析的时候。就算我们可以破解这个信号，我也没有数据库用来匹配。

米琪切换到总信息流，说道："堂·阿本恩，有人正在利用天气造成的干扰来掩盖一些信号——"

我感觉到有什么东西动了，也听到了关节运动时发出的轻微声响，我向米琪闪了个警告，说时迟那时快，我们头顶的展览室里传出了爆炸的声响。我一把抱住阿本恩的腰，向右边第三个走廊冲过去，因为想要完成我们的任务目标就必须去往那个方向。而任务的第一步就是趁敌人忙着对付威尔肯的时候赶到那里。

跑到走廊深处足够远的地方，可以确保阿本恩不会被友军火力误伤，我就停了下来（威尔肯的武器发射得太快了，我想她没有那么多时间来瞄准）。

1秒钟之后，米琪也到了。我把阿本恩放了下来，她有些站立不稳，好在米琪抓住了她。现在，作为人类安保顾问的又一

个讨厌之处冒了出来。如果威尔肯是个护卫战士，那我的首要目标就非常明确了：继续前进，救回海瑞恩，把她和阿本恩都带到安全的地方，然后再回来取威尔肯和敌人的遗骸。但威尔肯是人类，所以我现在就不得不回去救那个白痴。

米琪发了一张照片到我的信息流里，说："**那是个战斗机器人！**"

是啊，谢谢你的新闻播报，米琪。当我抱起阿本恩冲过房间的时候，我就想办法拍到了一张敌人飞身跃起的清晰图片。我告诉米琪："你就和堂·阿本恩待在这里。"然后我就沿着走廊跑了回去。

当事后再讲起这些事时，听起来就好像我有多么运筹帷幄似的，但其实我当时满脑子想的就只有"这下惨了，这下惨了，这下惨了"。战斗机器人比我速度快，比我强壮，武器装备也比我好多了。就算有安全系统信息流可用，我也不可能在没有直接身体接触的情况下，破解一个战斗机器人，胆敢尝试的下场就是被撕成两半（我以前也被撕成两半过，而在我的"尽量避免"清单上，这种情况位列榜首）。

碰上战斗机器人唯一的好处就是它们并不是战斗型护卫战

士，不然就更糟糕了。

我离开走廊的时候，已经接近了最高速度，并且抓紧时间对目前局势做了一个清楚的分析，计划如何进攻（我应该给"计划"两个字加上引号，因为那种情况下真的很难做什么完善的计划）。

威尔肯被打倒在地，她的重型武器也刚刚从她手中被打飞。战斗机器人俯身看着她。从外形上看，它接近一个人形机器人。有点儿像米琪，只不过米琪没有3米高，背部和胸口也没有多个武器发射端口，四只手臂上也没有各种手部模块，可以用来切削劈砍、发射能量爆炸等，而且米琪的个性也比战斗机器人要讨喜得多。

我冲向墙壁，刚好给了自己一个正确的轨迹，然后猛推墙壁翻身跃起，落在战斗机器人的头上。它的摄像头和扫描器都在头部，但它实际进行处理和保存数据的地方在下腹部。米琪也一样，因为人类总是喜欢开枪打头，所以下面会更安全些（至少人类都喜欢开枪打我的头，所以我猜他们也会这样对付其他机器人）。

战斗机器人一定已经知道我是一名护卫战士了，因为它经

由我的皮肤发来了一道脉冲，令我的疼痛传感器瞬间达到了最大值（我已经预料到它会有这一招，所以提前调低了疼痛感，但那种滋味还是很不好受）。接下来又一道脉冲，目的是烧焦我的装甲和爆炸投射武器。既然我把这两样都留在了"自由贸易港"，那么这次攻击对我来说就没有多大作用了。这一失手还为我争取到了必不可少的半秒钟时间，我如获至宝，立刻把我右臂上的能量武器端口塞进了它的感官输入收集器里。我尽全力开火了。

我确实太需要那半秒钟的时间了，因为就在我开火时，机器人挥起手臂把我从它头上丢了下来。我撞到地板上，滑出3米远，不过那个机器人也摇摇晃晃歪向一边，眼睛暂时瞎了，耳朵也聋了，没有了扫描运动或者能量变化的能力，也不能用内置武器瞄准目标了。

我站起身的时候，威尔肯正好一个翻滚扑到这边来。我从她的多功能束带上抓起一个炸弹包，奋不顾身朝着战斗机器人扔过去。从信息流中爆发的静电干扰来看，它刚刚清理好它的感官输入，但我已经击中了它右髋关节上方的位置，并且猛地把炸弹包塞进了那里。

它用它的大手紧紧抓住我的头和肩膀，我能感觉到它手部的金属变了，这就意味着有什么锋利的东西就要伸出来了。我想，那好吧，只能这样了，看来我的进攻计划失败了。它可以用胸前的任何一种武器来摧毁我，但它气坏了，所以准备亲手料理我。紧接着，炸药包就传来了一声轻微低沉的轰隆声。

这个炸弹包内含有两颗炸弹，刚刚爆炸的是第一颗，是专门用来炸穿重型铠甲的，对战斗机器人的外壳也同样有用。我和威尔肯信息流的通话频道还保持在线状态，所以我能听到炸弹包开始倒计时了。

如果这个战斗机器人有更多的自我意识，它可能会停下来先砸碎我的头，但它开启了防御模式，所以只能一把甩开我，这样才能把炸弹包取出来。

我又一次撞到了地板上，挣扎着爬回来，而它正想把炸弹包抓出来。威尔肯一个翻滚蹲起来，朝机器人的胸口和头部开了枪。她击中了传感器和武器端口，我得承认，这的确算得上是个好枪法。她的攻击阻止了机器人瞄准我们，也给了第二颗炸弹爆炸的机会。虽然炸弹的塑料外壳脱落了，但炸药已经顺着刚刚炸开的洞滚了进去。机器人想把一个探测器塞进洞里，好把炸药取出来，不过威尔肯成功击中了它延展开来的脆弱关节，为炸药争

取了宝贵的 2 秒钟时间。我双手抱头，把听力调低，然后滚到一边。

虽然爆炸声音低沉，不过当机器人倒下时，我还是感觉到了一阵震动。我站了起来，心里震惊不已，计划居然真的奏效了，而我竟然还活着，功能也没有损坏（我们护卫战士早就被教导要这样战斗：用你的身体扑到目标身上，然后拼尽全力杀死目标，接着就寄希望于他们能用修复舱把你修好。是啊，我很清楚我已经没有装甲了，也不会再有修复舱可用，但老习惯真的很难改掉）。

战斗机器人像打捞出来的一堆残渣一样瘫倒在地。它的外壳控制了爆炸烈度，所以没有弹片飞溅。爆炸损坏了它的处理器和位于腹部的重要部件，但它还没死透。我对威尔肯说："我需要更多的炸弹包。"

她四肢摊开趴在地上，不过她的装甲很好地保护了她的听力。她从束带上扯下一捆炸弹递给我。

我接过来，全部启动后扔进机器人敞开的外壳里，接着就赶紧撤退。

威尔肯摇摇晃晃地站起来，向后退去，以免被爆炸误伤。

爆炸声响起的时候，我已经退到了走廊入口处。每次爆炸都会让机器人的躯体抽搐一下。最后一次爆炸结束后，我扫描了一下机器人是否还有活动。它虽然还没有断电，但爆炸已经摧毁了它的第一处理器和第二处理器。这样应该就没问题了。

威尔肯在检查完她的扫描器后，如释重负地说道："干得漂亮。如果没有及时除掉这个战斗机器人，后面肯定还有更多。"

是啊，这话不假。

我跟着威尔肯沿着走廊走过去，来到了米琪和阿本恩等我们的地方。阿本恩一只手抓着米琪的胳膊，那副样子就好像要保护它一样。见来的是我们，她便松开了手，说："启动那个东西的人就是抓走海瑞恩的人，对不对？"

"一定是的。"威尔肯想停下来歇一歇，但阿本恩已经往前走了，她也只好跟上去。我走到了前面，米琪不用我提醒就走到了阿本恩身边。这倒还不错，虽然米琪在战斗中可能帮不上什么忙，但至少我很清楚，不管威尔肯让它做什么，它都会把阿本恩的安危摆在第一位。

我听到阿本恩在信息流里对穿梭飞船上的人说了几句话，告诫维博尔和其他人要留在飞船上，不管发生什么事都不要出来

找我们。威尔肯把她摄像头记录下来的遇袭片段发给了格斯，格斯回复一条已知悉。这一操作比凯达要专业多了，因为后者明显很焦躁，不过他还是报告说他们已经向中转站发出了警告，而且一直在向港务局更新我们的动态。

威尔肯补充道："我还从来没有见过能用上战斗机器人的匪徒，不过凡事都有第一次。"

我敢肯定战斗机器人是这个设施的原始设备。毕竟我们现在说的可是"灰泣"啊，他们公司的座右铭就是"杀人越货，发家致富"。

"他们肯定会知道我们过去救人了。"阿本恩说道。在我告诉她事情的来龙去脉之后，她可能也觉得这伙人并不是什么匪徒。

"他们已经知道了。"我开启了一个我、米琪和阿本恩之间的私人三方对话频道。而且现在其他战斗机器人都已经知道这里还有个护卫战士，它们会调整相应策略的。

我真希望我也有策略。

[查询：监视区域中的护卫战士活动。]

　　我停下了脚步，没有尖叫，但我考虑了 0.02 秒究竟要不要尖叫出声。

　　我很确定我脸上并没有什么表情，但阿本恩和米琪都转过身来看着我。威尔肯还在继续前进。

　　我又迈动了步伐，想弄清楚这条消息是从哪个频道里钻进来的，这样我就能屏蔽它了。

　　[查询：回复确认。]

　　米琪在我的信息流里问："护卫战士，这是什么？"

　　"不要回答，米琪。那是个战斗机器人，想锁定我们的位置。"战斗机器人不能像战斗型护卫战士一样破解别的机器人。它们工作时也不会连接到安全系统或中心系统。不过最好还是不要掉以轻心。我并不想让它钻进我或米琪的脑子里。

　　[查询：护卫战士有个下属机器人。]

　　这又是什么鬼，我都快被逗笑了。

[查询：宠物机器人。]

我就快找到这个频道了。

[目标：我们会把你们撕成碎片。]

我屏蔽了这个频道，慢慢地呼出一口气，以免引起几个人类的注意。米琪给我发来一个担忧的表情符号。我说："没事的。"但这只是一句谎话。我提醒自己，战斗机器人并不是人类，也不是我看过那些节目里的大反派。战斗机器人就只是机器人而已，它并不是在威胁我们，只是在告诉我们它接下来要做什么而已。

战斗机器人通常需要一个人类控制员。也就是说，如果想让它们完成什么目标的话，就需要一个人类控制员来操控它们。如果这个目标是比较模糊的，比如"攻击所有来到设施内部的人，同时利用专门设计好的静电干扰，能与风暴造成的干扰相互匹配，来掩盖网络信息流的活动"这种，那可能就不需要人类操控。但如果是抓走一个人关起来，引诱我们进一步深入设施内部，那就明显需要一个人类控制员了。"灰泣"可能留了一个内线，隐藏在港务局工作人员之中，随时监视着设施的情况。这个人知道我们的穿梭飞船什么时候离开，什么时候与设施对接，还估算了小队进入其中一个吊舱所需的时间。然后这个人就发出信号，启动了战斗机器人。

至于这个信号究竟能不能穿过设施的屏蔽层？也许是可以的。

如果能知道有几个战斗机器人就好了，不过至少我现在已经知道了第一个陷阱的位置。它没起到作用，这样那些战斗机器人就会调整它们的位置，制造第二个陷阱。我又检查了一下结构图，确定了我们马上要进入的地方是中央枢纽。

我说："堂·阿本恩，我得先走到前面去侦察一下。如果威尔肯能和我一起去就更好了，而你和米琪最好在这里等待。"又在信息流里添了一句，"我们必须抓紧时间了。"

我知道阿本恩心里着急，也不想给威尔肯争辩的时间。阿本恩说："行，去吧。"

我加快步伐沿着走廊向前走去。威尔肯犹豫了一下，然后才跟上来，她的动力装甲让她可以追上我的脚步。"等一下。"她

说。我停下来纯粹是为了迁就她，因为我已经从信息流里看出她在检查设施结构图。"我知道了。我们走吧。"

我让威尔肯在前面领路。

我们沿着一条绕开中心节点的管道，向着工程吊舱迂回前进。我一直在自动扫描，想看看附近有没有无人机，但并没有得到什么结果。我拍了拍米琪的信息流，问道："你刚刚检查过飞船的情况吗？"

"我一直都在监视凯达和堂·阿本恩的信息流，并且每2.4秒钟都会检查一次船载系统的状态，护卫战士。伊吉罗已经在医疗室里接受了治疗，预计马上会康复。"

这是我第一次听米琪说话居然还不觉得有多糟心。不知是出于什么原因，我竟然还觉得它的话隐隐约约鼓励了我。我回应道："我已知悉，只是确认一下。"

"时常检查朋友们的状况是件好事呀。"米琪发来一个微笑表情。

好吧，这是我自找的。

管道弯曲向前，通过阴影与跳动的光线，我可以看到前面墙壁的两侧都是巨型窗户，和我先前所怀疑的如出一辙。我们接下来要做的是再明显不过的一套战术，而那些战斗机器人完全可以派出微型无人机来这里窥探我们的做法。但我并没有接收到监视、移动或者可疑的静电干扰的迹象。之前我提出了战斗机器人并没有现场控制员的想法，现在这种情况就可以支撑我的观点；结构图上并没有显示这些通行管道两侧是窗户，但只要考虑到设施其他部分的设计，便可以很容易推断出来。战斗机器人可学不会这种推理。

我在管道不透明那一侧的阴影里停了下来，威尔肯也在附近停下了脚步。在信息流里，我看到她正在调整头盔摄像头的放大倍数。

从透明管道的一侧看下去，可以看到工程吊舱的枢纽区域。我们距离那里只有 22 米远，而且还可以从弯曲的屋顶上获得清晰的视野，就和地形观测舱的天花板差不多。威尔肯用她的头盔摄像头抵在管道壁上，然后把拍到的视频发给了我。

我靠自己也可以看清敌人的运动轨迹并推测敌人的位置，不过有更清楚的细节当然就更好了。

就在我们静静观察的时候，一个战斗机器人大步走过枢纽区域的地板，从中间的雕塑型结构下面穿了过去。这个雕塑型结

构的一半肯定是通往上层展览室的楼梯，另一半则是设计者的艺术表达。威尔肯的望远镜记录到上层有电流活动，我能从活动模式看出那是一些战斗无人机在飞来飞去。我完成过的大部分合约都只用更小、更便宜的无人机型号，是为了收集情报而设计的，更易于收集客户们的专利数据，同时也能帮你监视基地周边，确保不会有人偷偷溜到你团队的地盘上。而这些是大型的无人机，不仅有收集情报的能力，还有额外的防护罩，以及机载能量武器。

威尔肯一边扫描一边喃喃道："所以我们不止要对付战斗机器人，还多了一些无人机。"

我们至少还有两个战斗机器人要对付，其中一个站在展览室下面的阴影里。威尔肯没看到它，不过我可以通过她的望远镜推断出它的存在。我敢打赌还有一两个战斗机器人作为后备，或者在设施的其他地方活跃着。它们的位置可能就在我们和穿梭飞船之间，因为这些机器人就是这样工作的。

接着威尔肯说："目标在那里。"

她说的"目标"是指她的客户海瑞恩，正躺在楼梯底部的地板上（你绝对不应该把"客户"说成"目标"；你总不想在危急时刻把这两者搞混吧）。海瑞恩侧身倒在地上，蜷成一团，背对着我们。我看不出她究竟是否还活着。还有另一件事让我担心，那就是：它们为什么会选在工程吊舱呢？

我们必须穿过中心节点才能到达工程吊舱，除非中心节点那里布置了陷阱，不然大气吊舱是一个更近也更容易防守的地点，因为那里只有一个入口。而工程吊舱不仅有一条穿过中心节点的通道，还有一条从生产吊舱分支出来的通行管道，再加上枢纽区域有一个电梯间，就在展览室的正下方。

"我可不知道这些机器人脑子里都在想些什么。"威尔肯说着，瞥了我一眼。我直视着前方。如果说眼下这种情况有什么好处的话，那就是凸显了我之前的种种决定究竟有多么英明。正是因为我破解了自己的调控中枢，然后逃到了这里，才会害得自己落到今天这个下场。当个护卫战士真的太惨了。我真的好想回到我那段狂野不羁、横冲直撞的反叛岁月——就是找无人驾驶飞船搭便车，然后躺着追剧的那段时光。威尔肯补充了一句："走吧。我有个计划了。"

是啊，我也有个计划了。

我们已经清楚了战斗机器人的位置，现在威尔肯正带领我

们去到中心节点的通道，向生产吊舱走去，到了那里我们就可以穿过备用管道走到工程吊舱。又或者我就可以穿过备用管道走过去，因为这就是她的计划。

"我们决定派护卫战士去吸引它们的注意力，然后我就能找准机会去救海瑞恩。"威尔肯对阿本恩说。

米琪歪了歪头。阿本恩皱起了眉，她投来的眼神吓了我一跳。"当然了，这确实是自杀式行动。"威尔肯耐心地说，"但它只是个护卫战士，理应为我们牺牲。"

"这可不是个好计划，护卫战士。"米琪通过信息流发来警告。

"这样做有违'晚安登陆者'独立公司的操作标准。"阿本恩的表情再次严肃了起来。

威尔肯皱了皱眉，说道："你到底想不想把海瑞恩救回来？"我看着阿本恩的脸。她在纠结，一边是害怕海瑞恩有事，一边是不愿意接受把我扔进龙潭虎穴里去送死的想法。这一幕在我看来非常有趣，因为她明明知道我只是一个护卫战士而已。她气冲冲地开口道："一定还有别的办法。林顾问肯定不会同意这样做的。"

阿本恩说过她以前从来没有见过护卫战士，更没有和护卫战士共事过，甚至就连米琪的知识库里也没有护卫战士这个条目。不过话说回来，阿本恩可能以为我就是林顾问的宠物，就好像米琪是她的宠物一样。

我们没有时间再争吵了，而且我也真的不想让任何人想到林顾问的事。毕竟林顾问是虚构的，存在感自然越低越好，至少对我来说是这样。我说："没事的，堂·阿本恩。我就该为你们牺牲。"想让这话听起来不像讽刺真的太难了。

在我们的私人频道上，我对她和米琪说："真的没事，我有我自己的计划。我的计划更加可以保障海瑞恩的安全。"

"你确定吗？"阿本恩问，然后又说，"也就是说，你不愿意把你的计划告诉威尔肯。"

不，并不是这样，主要还是因为我不希望她给我下达一些我不得不忽视的命令。也因为我对接下来要做什么只有一些模糊的想法，这些想法大多都是我在紧急情况下急匆匆想出来的。"你是我的客户，可以通过这个监视我的行为。"我回复阿本恩，转而对威尔肯说，"我们现在该走了。把你的武器给我吧。"

"什么？"威尔肯没有退后一步进入开火位置，但从她关节

处装甲的移动方式我看出这就是她的第一个想法。

我说："如果我要第一个进去的话，需要一把投射武器。"我只是想看看她会怎么做。

"不用，我会跟着你进去，"威尔肯不怎么耐心地说，"我会在生产吊舱走廊和管道的舱口交汇处帮你掩护。"她开始朝着走廊走过去，对阿本恩说，"你们在这里等着。如果我给你们发消息说快跑，你们就赶快回到穿梭飞船上去。"我跟在她身后，就像一个乖乖听话的杀人机器。

米琪在我身后，望着我们沿着走廊离开的方向，把它摄像头拍下的画面发给了阿本恩。

等我们走到超出她们的听力范围后，威尔肯就把她的通信和信息流都设置成了静音状态，然后说："林顾问有什么消息吗？"

"没有，这里无法接入站台的信息流。"威尔肯也知道这一点，"如果你想要和她通话，我可以用通信频道联系她。"我可以假扮成林顾问，不过需要一点儿时间。

好在威尔肯心虚，她并不想邀请另一位安保顾问同行，来对她的策略指指点点，尤其是她还打算派那位安保顾问的护卫战士去送死。我不知道如果我们被杀了，担保公司会向客户索赔多少钱，不过应该是一大笔钱。

我料想威尔肯的计划就是派我冲进去，然后锁死舱门，等战斗机器人把我杀了，她就会告诉阿本恩和米琪她已经尽力了，现在她们必须赶快回到穿梭飞船上，然后离开。阿本恩身边没有护卫战士，也没穿动力装甲，手无寸铁，就算她反抗，威尔肯也可以直接把她拖走。当然了，如果威尔肯敢碰阿本恩一下的话，米琪肯定会介入的，不过我不确定威尔肯是不是也清楚这一点。

我们来到了舱口交汇处，威尔肯停下了脚步，说："祝你好运。"

我心想这话说得可太轻巧了，然后继续往前走。

我并不高兴就这样被她安排了，又不是还有修复舱可以帮我进行修复。虽然只要有医疗系统，我就可以进行维修，但我还是得先找到一个医疗系统再说，而离我最近的医疗系统远在站台那艘货运飞船上。不过我相信自己一定能逢凶化吉（我只是希望自己能逢凶化吉，因为我最近都不太相信自己的判断了）。

我顺着通行管道一路向前，走出了威尔肯的视线，并把她的频道放到了后台，然后敲了敲我和米琪、阿本恩之间的连接，

把我的视觉通过信息流分享给了她们（就是画质没有头盔摄像头那么好，因为这是用我的双眼记录下来的，所以画面时不时会跳来跳去）。米琪说了些什么，不过更像是说给阿本恩听的，而不是对我说，所以我也没再听下去了。我准备钓一台无人机过来。

我在一个开放频道上传送了一小段静电信号。无人机应该会把它解读为一段声音通信的信号，就好像有个可怜的人类在附近徘徊，试图通过他的通信频道呼救，而不是使用阿本恩、米琪和威尔肯在信息流中使用的这种加密接口。

如果这里的无人机决定倾巢出动，一拥而上来抓我，那我的计划当然也就完蛋了，不过我觉得并不会出现这种情况。那些战斗机器人并没有派它们来追捕我们，究其原因就在于战斗机器人并不希望我们知道它们手上还有无人机，可能是因为它们打算后面用无人机来攻击穿梭飞船。我希望无人机们都被设置成了保护周边区域的模式，只派一架哨兵机飞过来调查一下情况。

我走到一个地方，这里是个管道内部的连接器，本来应该放些设备，但现在有不少空槽。这些空槽形成了一个个阴影笼罩的小隔间，于是我走进了其中一个。我将扫描延伸到了力所能及的最远处，还在不断发送断断续续的信号引诱无人机过来。果然，我收到了回应。一阵爆发的静电干扰，就像一段通信音频想要回复我，却被干扰给吞没了。

一个普通的护卫战士（你懂的，就是那种调控中枢还管用，没我那么焦虑，但可能比我更抑郁的护卫战士）也能做到这一点，但接下来的回应会被限制在战斗隐匿模组早已编定的那些可用回应中。无人机也许能够识别出这种回应是来自另一个战斗配备，而不是一个人类。不过反正我也没有战斗隐匿模组（我从来没有升级过这个东西，可能是因为拉维海洛和"杀了所有客户"那件事，想想就知道了），所以我就用了媒体库存里面的对话片段，把它们提取出来加以处理，消除了背景噪声和配乐，也移除了音频中隐藏的所有识别代码。我把我预先录制好的"你是——找不到——哪里——飞船——"发了过去，还添加了一些静电干扰以便混淆视听。

无人机发来另一段精心伪装过的静电信号作为回应。从信号强度来看，它离得越来越近了。我待在原地，静静等待。

在信息流中，米琪说："我们不知道你要做什么，都很担心你，护卫战士。"

"你们为什么担心，米琪？"扫描上还没出现无人机的身影，所以我还有时间聊两句。

"因为我们不知道你打算做什么。威尔肯刚刚还通过信息流告诉阿本恩什么都没做——"

无人机刚好进入了我的扫描范围，它移动得十分缓慢，害怕惊动它以为在这里的人类。我站在黑暗的小隔间里，停止了呼吸，也停止了所有可能被它接收到信号的活动。我利用更多的通信音频引诱它过来。示意图上显示这些槽位是大气气体取样站的一部分，所以无人机并不知道这里有地方可以让人类隐藏起来。它被这条明显空无一人的通道搞糊涂了，所以想追踪信号来源试试。于是我趁机把一连串无人机控制密钥打包发了过去。

这不是隐匿模组的一部分，也不属于公司提供的安全系统的功能之一。这是我从公司一个客户那里得到的专利数据，这个人的工作就是为战斗无人机设计反制措施。虽然我很想把它删了，用这些空间来下载新连续剧，但我还是成功抑制住了这种冲动。我就知道，这种东西早晚有一天能派上用场。

其中一个密钥起作用了，无人机切换到了待命状态。我在它的控制代码里逛了一两分钟，确保自己弄清楚了它是如何工作的。它，还有其他所有的无人机（它的读数显示总共有 30 架无人机处于活跃状态），以及三个战斗机器人都在同一个加密信息流中活动。所有无人机都在工程吊舱的大厅里，和两个战斗机器人一起。读数显示第三个机器人正活跃在设施中的某处，但找不到它的确切位置（我有种不祥的预感，它可能正去往穿梭飞船的方向，想切断我们和飞船之间的联系）。战斗机器人的安全等级更高，我都已经置身于它们自己的网络之中，如果我想试着破解它们的话，它们也还是有时间赶过来杀了我。不过我可以控制所有的无人机了。

只需要 20 秒钟的时间，这些无人机就都成为我的新朋友了。

"哦，我明白你在做什么了。对不起打扰了。"米琪说。

不过我还是得快点儿行动。我让无人机一号保持待命状态，又命令剩下处于工程吊舱内部的无人机向两个战斗机器人开火。然后我就狂奔了起来。

我绕过弯道，穿过两道舱门都开着的交叉口。我已经听到了能量和投射武器开火的声音，金属撞到墙上的声音，以及无人机受到攻击时发出的那种莫名搞笑的高亢哀鸣声。我没有单独控制它们；因为只要给出命令，这些无人机自然就知道应该怎么

做，单独指挥只会拖慢它们的速度。

当我看见工程吊舱的舱门入口时，便进一步加快了速度。跑到走廊尽头的时候，我已经达到了最高速度，然后一个俯冲让自己扑了进去。

枢纽大厅现在已经成了战争区域。我撞到地板上滑了过去。离门边最近的一个战斗机器人疯狂挥舞着手脚，因为无人机正成群结队地向它开火，并不断朝它猛冲过去。它就像一阵怒火中烧的金属旋风一样，四处乱撞。从它武器中发射出的爆炸总是偏离了目标，不断击中墙壁、地板和柱子。它用它锋利的切割手斩断了一架无人机，碎片溅得整个房间都是。我已经预料到了这种情况，所以早就弱化了我的疼痛传感器，但我还是能感觉到背上和肩膀上都传来了撞击感，这些轻微的碰撞声让我明白有东西划破了我的衣服，刺穿了我的皮肤（听起来可不可怕？反正是真的很可怕）。第二个机器人想往前跑，却撞上了一堵无人机筑起的墙，无人机用密集的火力和自己的装甲身躯，逼得战斗机器人只能一再后退。

我翻身跃起，再次扑了出去，落到海瑞恩身边。她的身体看上去还完好无缺，我也没看到血泊，不过我暂时没时间检查她是否还活着（她是死是活真的无关紧要。在这种人质营救活动中，除非我把尸体带回去，否则人类们都不肯相信人质已经死了）。我把她打横抱了起来。现在最困难的一部分来了，我必须跑出大厅才能活命。

战斗机器人已经知道这里有个护卫战士，并且弄清楚了这个护卫战士究竟是怎样接管了它们的无人机。于是它们怒火中烧，要整死这个护卫战士。我穿过房间朝门口猛冲过去。

两个战斗机器人已经摧毁了 23 架无人机，在我的意识中，它们都只是灯亮了一下，连接闪了一下，然后就此消失不见了。不过无人机还是造成了很多破坏，它们专门攻击关节、武器端口和手部。从一架幸存无人机中拍摄到的画面里，我看到一个战斗机器人朝着我撤退的背影猛扑过来，却因为膝盖失灵而栽倒在地；无人机一直在集中火力猛攻它的踝关节，另一些无人机则负责转移它的注意力。

我前面那个战斗机器人堵住了门口。于是我立即右转，直奔电梯间而去。

这些战斗机器人果然操控了电梯系统，幸好我之前就警告了布雷斯，不过它们并不能像护卫战士一样灵活地入侵系统。我

根本没打算控制整个系统，就只控制了一个电梯，让它在这里等我。我一赶到，电梯门就立刻打开了。我让它带我去生产吊舱。门猛地关上，正好切断了战斗机器人两根锋利的金属手指，然后电梯就载着我呼的一声开走了。

无人机一号还在走廊里待命，我命令它去关闭工程吊舱和生产吊舱之间的两扇舱门，然后钻穿墙壁，熔毁控制装置。它呼啸着执行任务去了，而电梯也恰好停了下来，打开了门。

我踏出门，走进生产吊舱的一个无人路口里，然后把早就准备好的代码发给了电梯系统，还设置了一个密码锁。刹那间，整个电梯系统都应声关闭。如果战斗机器人们找到了正确的代码模组，那它们还需要将全部精力都投入到破解密码锁之中。不过无论哪种情况，都能为我争取到我所需要的时间。我希望是这样。

现在我有时间评估自己的状况了，于是我慢慢将疼痛传感器调高了一点儿。那些撞击给我造成的钝痛立刻就变成了剧烈的灼痛，就像皮肤下面发生了一场场小型爆炸一样。哎呀，怎么这么痛！我把膝关节锁定在了直立位置，并且提高了我的通气量。

我周围那些无人机被斩碎的时候，有很多碎片飞溅到了我身上。我还被两发子弹击中了，一发打在我身体的左下侧，一发打在我的左肩上。我很肯定我是被本来打算瞄准无人机，却不慎偏移的子弹击中了。如果那些机器人瞄准的是我，那我现在已经被打成渣渣了。我又调低了我的疼痛传感器，那些受到撞击的身体部位，从爆炸变成了爆炸后的余烬（我也知道这不是一个永久的解决办法，而且从长远来看，假装坏事没有发生并不是什么出色的生存策略，但我现在也没有别的办法了）。我存放记忆夹的手臂并没有受损，真是谢天谢地。

我沿着走廊朝生产舱大厅走去，米琪她们应该就在那里。

我拍了拍米琪的信息流，想让它把位置发送给我，因为它和阿本恩都没说话，我也不确定她们通过我的视觉信息流究竟都看到了些什么。就在这时，海瑞恩用她戴着手套的手捏了捏我的肩膀。

好在我还记得我怀里抱着个可能还活着的人类，所以我没有尖叫，也没有松手让她掉下去什么的。她的头盔和通信麦克风都被扯掉了，而她的头正靠在我的肩膀上。她有些口齿不清地问："你是谁？"

我分心了，所以从我缓冲区里冒出来的回答是标准答案：

"我是和你签约的护卫战士。"我分心是因为米琪和阿本恩的连接那里传来了混乱的噪声。这不是通过信息流接口传来的通信，而是一段音频：米琪通过信息流给我发来了一段公开的通信音频。

阿本恩的声音因为愤怒而变得粗犷沙哑，她喊道："是谁派你来的？'灰泣'吗？"

海瑞恩靠在我的肩膀上，发出了一声十分困惑的——"嗯？"

另一段我能听到的通信音频实在是太小声了，就连我也分辨不出来那究竟是什么。我不得不花了4秒钟把它转换成了声谱图才弄清楚。这是两种声音：一种是米琪关节处传来的低沉声音；另一种是动力装甲发出的高亢声音，然后两种声音纠缠在了一起。

糟了，这下又糟了。

我确实会犯错误（我有一个专门的文档用来记录我犯过的错），这一次我好像犯了个大错。我把威尔肯的所有行为都解读成了她是在针对我，因为我这个护卫战士的凭空出现给她造成了不适和疑虑，而且既然大家都以为我是另一个安保顾问派来的，那么这个安保顾问的存在就意味着客户会不信任她和格斯（我知道，"都是因为我"这种话一般都是自大的人类才会说的）。但现在看来，她心有不安完全就是出于另一个原因。

找一家像我所属的那种担保公司来负责安保工作的好处就在于，如果是小合同，你便可以直接去公司办公室提货；如果是大合同，你就必须坐着公司的飞船去目的地。这就极大地减少了有人明面上冒充你们的安保团队混进来，背地里却签了合约要杀你们灭口的可能性。

威尔肯和格斯还藏得挺深。在补给飞船上，我就已经监听并且分析过她们的对话，但都没发现一点儿蛛丝马迹。不过话说回来，如果她们是为"灰泣"工作的，那她们应该对公司边缘地范围内到处都在使用的安保监控有所警惕。

这时候，我的无人机已经到达了威尔肯本应该等在那儿的舱口交汇处。很明显，她已经不在那里了，因为她正忙着背叛她的客户（我一开始说人类不适合负责安保工作的时候，你肯定还以为我是在信口开河，对吧？）。

我用我和米琪信息流之间的连接访问了它的摄像头。呃，说实在的，情况不太好。画面很不稳定，但我还是能看到米琪正用一只胳膊把威尔肯的右手腕压在柱子上，而威尔肯努力想用她的投射武器顶在阿本恩身上。米琪的手好像出了点儿问题，但我

看得不是很清楚。我也不想在这时拉取损坏报告，这样做可能会分散米琪的注意力。威尔肯用她的另一只胳膊抵在米琪脸上，就好像想把米琪推开一样，但这并不是她的真实意图。她装甲的前臂上植入了能量武器，她是想把能量武器滑到开火位置，然后轰掉米琪的头。

米琪没有头也一样可以正常运转，不过它的感官输入和摄像头都在头部，所以情况可能会变得比较尴尬。

威尔肯已经切断了我和她之间的信息流连接，但我利用阿本恩的信息流绕过了她的屏蔽，说道："我是护卫战士。我们可以谈谈。如果你肯做证的话，林顾问可以让你免于被起诉。"我希望这话在她听来还是有点儿道理（这是《圣殿月亮的升与落》中的一句台词），不过我也明白这话听起来就像我想拖延时间。但我其实并没有在拖延，我也不需要她回答我，只是想让她分心，这样她就没时间细思我究竟在她信息流里做了什么手脚。"你的老板都要垮台了。不管他们给你多少钱，都弥补不了你即将迎来的铁窗生涯。"（这也是《圣殿月亮的升与落》里的台词）与此同时，我正在疯狂地寻找着正确的代码。制造动力装甲的公司和那些制造安全系统、搜集情报的无人机、摄像头的公司有很大不同，这些产品的系统架构也有所不同，这就让我的行动变得更加困难了。

阿本恩抓住了威尔肯的投射武器，想帮米琪脱身，但面对如此强大的动力装甲，她的努力不过是蚍蜉撼树。我能看出她对前臂内置的能量武器一无所知，因为相比之下这种能量武器所处的位置要危险得多。在信息流里，我听到阿本恩让米琪快点儿挣脱逃跑，而米琪拒绝了，因为如果它逃跑了，威尔肯就会杀死阿本恩。坦白说，阿本恩确实应该逃跑，但她肯定不愿意丢下米琪自己逃跑。

我来到生产吊舱大厅的转弯处，看到她们正在搏斗。阿本恩吊在威尔肯的另一只胳膊上朝她猛踢，米琪也在用尽全力抱住她，而她的能量武器正在缓慢且无情地滑向米琪的头部。如果再过 30 秒钟，我还是找不出正确的代码，那我就只能把海瑞恩放在地板上，冲上去和威尔肯硬拼了。

在另一个频道里，无人机一号报告说，它并没有检测到任何活动迹象，这就说明战斗机器人并没有试图炸穿那两扇它已经封死的舱门。这架无人机已经被切断了与它们之间的网络联系，不能再进一步报告任何机器人的行动路线了。这就意味着战斗机

器人们已经停止了互相修复（是啊，除非它们的主要处理中心被摧毁了，否则它们一直都可以自我修复。没错，这就是它们这么难对付和吓人的原因），很快就会从工程吊舱那边找到另一条路过来包抄我们。真是嫌我手头的麻烦还不够多！

我疯狂地扫描威尔肯的装甲，终于找到了正确的代码。真是松了一口气。我打开一个频道，通过信息流发送了"冻结"命令。

公司不喜欢用威尔肯这种动力装甲，一方面不仅仅在于他们只爱用便宜的东西，也在于她这种动力装甲是可以破解的。

米琪挣脱开来，向后退了一步，不过它的身躯仍然挡在威尔肯和阿本恩之间。威尔肯冻结在原地（字面意义），脸上露出痛苦的表情，朝着已经不管用的通信频道里大吼大叫（我已经切断了她的通信和信息流；我希望目前的事态发展能给格斯一个惊喜）。投射武器从威尔肯动弹不得的手指间掉下来，阿本恩冲过去把武器抢了过来。

现在我能看清楚米琪的损坏程度了；它的胸板遭到了两次能量冲击，右手只剩下一截断肢。

我说："现在没事了，我已经锁定了她的装甲。"我点开米琪的反馈，浏览了一下，想知道到底发生了什么。威尔肯一直等到我和那些战斗机器人打作一团，才回到了阿本恩和米琪身边。她快步朝她们走过去，说有要紧事要和她们当面商量，不能通过通信频道和信息流说，然后她就一把揪住了阿本恩的头发。阿本恩的头发到现在还是散乱的。在上一次我救阿本恩时，不小心把她头盔上的释放键弄破了，所以她早就把头盔扔在后面了。

威尔肯用枪指着阿本恩的头，说："对不起，这可不是我针对你。"就是这句多余的话让她失去了一个必杀的机会。因为米琪争取到了时间，冲过去挡在了她们之间，还让威尔肯的武器向上打飞了（虽然米琪只是个帮人类拿东西的宠物机器人，但这并不能说明它就不够强壮，不能和动力装甲相抗衡）。威尔肯发射了武器，摧毁了米琪的手，但即便如此也没有让米琪停下来。

阿本恩看到我，倒吸一口气说："海瑞恩——"

"她还活着。"我说。阿本恩（一个受了精神创伤的人类）手里拿着一把保险打开的武器，这一幕就足够让我心惊胆战了。

米琪悲伤地说："**护卫战士，威尔肯想杀了堂·阿本恩。**"

阿本恩把武器扛在肩上，匆忙朝我走来。她摸了摸海瑞

恩的脸，然后抬头看着我说："谢谢你！真的太感谢你了！"

"米琪，损坏报告。"被人感谢的感觉倒还不错。

"我还有 86% 的功能容量，只是机体受损而已。" 它举起了断肢说道。

它还真把受伤当玩笑了。阿本恩转向它，满脸震惊地说："米琪，你可怜的小手！"

哇，好棒哦，又是一出主仆情深的大戏。我说："米琪，你来抱着海瑞恩。"

米琪走过来，伸出双臂。海瑞恩处于半昏迷状态，不过还是突然攥住了我的夹克衫。阿本恩轻轻撬开了她的手，我把她放进了米琪怀里。

我转向威尔肯。她抓阿本恩头发的事让我心里很不舒服，更别说还有那句满是讽刺意味的"这可不是针对你"。如果她在没有任何警告的情况下直接开枪，那阿本恩已经被她杀死了，米琪肯定也被炸飞了。但她就是想让阿本恩知道她是叛徒，尝一尝被自己人背叛的滋味。她就是在针对阿本恩。

我最讨厌喜欢针对别人的人了。

这又是一个我不喜欢人类安保顾问的原因。他们中的某些人过于享受自己的工作了。

我走到威尔肯面前，扯下她的多功能束带。她的束带上面不仅有炸药包，还有其他装备。她透过面板瞪着我。我把束带挂在肩膀上，说："堂・阿本恩，你可能不想看到接下来这一幕。"

阿本恩从米琪和海瑞恩身边转过身，说道："别！"然后她用更冷静的语气补充了一句，"我知道你很生气，因为她派你去和战斗机器人们硬碰硬，但她还是罪不至死。"

我并不是为自己的事情生气。被扔进龙潭虎穴里去送死本来就是我的工作，或者说是我之前的工作。我觉得这是因为一切都发生得太快了，阿本恩还没有足够的时间来消化威尔肯差点儿对她做了什么。

她一定也很清楚自己刚才的话没有什么说服力，然后又接着说："如果她是为'灰泣'工作的，那么我们就需要她来做证。"

好吧，这话说得有道理。我之所以会跑到这个地方来，完全就是为了找到更多对"灰泣"不利的证据。我透过威尔肯的面板望着她。为了掩饰恐惧，她脸上并没有什么表情。虽然她的通信和信息流都不能用了，但她还是能听到我们的谈话，尽管我们的声音听起来很可能像是身处一个采矿隧道的底部。动力装甲断

电的时候，会自动打开一些通风口让空气流通，也不至于让她因内部的高温而窒息。等我们离开之后，我可以给装甲一个延迟命令，让它关闭这些通风口，这样阿本恩就只会以为这是个意外了。

现在又到了我考虑的时刻。我究竟在不在意威尔肯的死活呢？并不。

"我们该走了。"我说，然后伸手去拿威尔肯的投射武器。阿本恩把武器递给了我，我接过来，迈步往前走。我还是没有关闭那些通风口。

米琪和阿本恩跟在我后面，我说："工程吊舱里的机器人一旦完成了自我修复就会来追杀我们，而且我捕获的那个无人机也说还有一个战斗机器人活跃在设施内部。"我们都知道它们肯定会用上任何遗留在设施内部的移动设备来对付我们。我可不想再和另一个生物采样器打架了。

阿本恩加大步伐，几步走到了我身边来，说："我没办法通过信息流或者通信频道联系上穿梭飞船，米琪也不能。"

"因为我屏蔽了你们。我不想让你们和格斯通话，免得打草惊蛇。"我对她说。至少在我想出来能怎么对付格斯之前还不可以。我不能从这里入侵她的装甲，就算我解除信息流的屏蔽也不行。每一套装甲的代码都是独一无二的（制造商也不完全是白痴），必须离得够近才能扫描。

"我明白了。要是现在还寄希望于格斯不是另一个雇佣杀手，就太自欺欺人了。"阿本恩居然没有和我争辩。又或者我可能不应该这么惊讶，毕竟她是个聪明人。

"飞船上的分析表明她们两个已经共事过一段时间。我们只能假设她们都已经被人收买，或者在某个时刻引开了原本由你们公司派出的安保团队，然后冒名顶替混了进来。"我说。

"你说的'引开'，"阿本恩重复道，"是不是就意味着杀人灭口？"

"可能吧。"我在哈夫拉顿搭上这艘来米卢的货运飞船时，并没有下载什么当地新闻，只是下载了一些关于"自由贸易港"和"灰泣"的新消息。如果说真有发现两具不知名尸体，身份证件已被烧毁的报道，那我肯定是错过了（你不能在中转环上对别人下手；因为安保系统时时刻刻紧盯着这种事，而且很容易引起它们的高度警觉）。"既然格斯在飞船上，我们就得考虑挟持人质的情况了。"

我讨厌挟持人质的情况。就算是我挟持人质也不行。

米琪说："那样可不好。"

看到没？它就是这样的。说什么都惹人讨厌的一个烦人精。它说的话对我们的谈话毫无助益，只是一种没有意义的发声，充其量就是能让人类听了觉得心里舒服而已。

阿本恩在信息流中快速回顾了一下我在工程吊舱里拍摄的视频。这段视频只有不到 1 分钟，所以她很快就看完了。她说："是威尔肯给那些机器人下的命令吗？也许没有她的指令，那些机器人就会进入休眠状态。但如果它们向格斯报告，那我们就又陷入了相同的境地。"

"我认为战斗机器人们并不受到威尔肯或者格斯的控制。我一直在监听她们的信息流，就算是加密的命令我肯定也能听到。"我说。她们根本就没有怎么交谈，也许这本身就挺可疑的（我知道，当事后诸葛亮不是什么光彩事）。

米琪说："战斗机器人可能一直处于待机状态，一旦有人来到设施内部，它们就接到了激活的指令。"海瑞恩一下惊起，喃喃说了些什么，米琪回答道："好了，好了，海瑞恩。没事了。"

对啊，没错，我早就想到这一点了。

阿本恩开口道："我还是不明白。如果威尔肯和格斯是'灰泣'派来杀我们的，那他们又何必派出战斗机器人来搅局？很明显，'灰泣'不想让我们的评估继续下去，但——"

"等一下。"我说，然后停下了脚步。我需要快速回顾一下我之前录好的视频，再决定是应该支持还是反驳她这个想法。在没有安全系统或者中心系统的帮助下，我一次就只能做那么几件事。如果再加上一边往前走一边扫描敌人，我就要忙不过来了。开始分析的时候，我给了米琪查看我信息流的权限，然后隐约感觉到米琪在对阿本恩解释我正在做什么事。

我给我的无人机发了条消息，让它打开日志，查询它的记录，然后列一个它何时进入激活、待机和睡眠状态的清单给我。接着我就调取了在第一次遭遇袭击时，米琪拍下的海瑞恩被抓的视频拷贝，快速回顾了一遍，然后又调取了我自己录下的第二次遭遇袭击的视频，而这次袭击中战斗机器人对威尔肯也没有手下留情。我看完后又检查了无人机为我准备的日志摘要（能和这么高级的无人机合作，我的工作真的如鱼得水）。

"那些战斗机器人和无人机不是被派来杀你们的。"我向阿本恩报告说，"它们从一开始就是设施内部物品的一部分。当时

中转站仍在建设中，'灰泣'想要赶走潜在的入侵者，指望中转站的话根本就没什么用。他们又不想向外界机构寻求帮助，因为想要尽量掩盖他们名义上经营仿地形设施，背地里却建造非法采矿平台的勾当。"把这些战斗机器人放在这里可能不仅仅是为了保护设施不受匪徒袭击，还为了能让这里的人类工作者保持秩序。"设施被废弃之后，战斗机器人和无人机就一直处于睡眠模式。当你们的穿梭飞船停靠在这里时，它们就被激活了。分析结果表明它们的存在也让威尔肯和格斯感到措手不及。"纯粹的机器人分析会完全忽略这一点，但我更擅长解读人类的面孔和声音（我脑子里的有机部分在这方面确实非常管用，而且，当然了，通过录下的视频来解读就更容易了，因为这样我就可以暂停并放大画面，不像事情实际发生时那么焦虑）。"我想威尔肯确实相信绑架海瑞恩的那次袭击是一些匪徒策划的，直到她在第二次袭击中看到了战斗机器人。'灰泣'很有可能没有告诉她和格斯这里还有战斗机器人，因为他们希望那些机器人也能把她两个消灭。""灰泣"最想看到我们全部死光，最好一个不留。

我想知道威尔肯发现这一点的时候心里是什么滋味。当然了，"灰泣"的阴谋并没有阻碍她完成任务的决心。她原本以为我会被战斗机器人摧毁，这样她就可以趁机杀死阿本恩和米琪。她希望自己能顺利脱身，并且收到她应得的杀人灭口费。

阿本恩在悲愤中长叹了一声，然后说道："也许我们可以用这一点来对付格斯，告诉她'灰泣'也想除掉她和威尔肯，所以她们应该站出来指证'灰泣'。你觉得可不可行？或者我们可以拿威尔肯当人质……"她摇了摇头，咬住了嘴唇。

她的思考很有策略性，而且总是征求我的意见，而不是给我下达愚蠢的指令，这让我备感欣慰。虽然我现在不用再服从命令了，但听到愚蠢的命令还是会让我气不打一处来。我说："我们现在唯一的优势就是格斯还不知道威尔肯已经被我们制服了。"

无人机仍然报告说舱门位置没有活动迹象，这就说明机器人已经从另一个方向追来了，或者它们还在努力破解电梯的密码锁。我让无人机飞到我的位置来。当它飞到威尔肯面前时，我让它停下来，在她面前耀武扬威地飞了 26 秒钟（好吧，其实我还是有点儿生气的）。

从米琪摄像头的画面里，我看到阿本恩又一次抬头看着我，然后她开口道："格斯一定是在等待威尔肯的信号，然后就会动

手杀掉穿梭飞船上的其他人，一定是这样。我应该试着和凯达取得联系。我可以和他建立单独的信息流连接，这样别人就不会发现。"

"你确定他不会直接大声说'嘿，大家，堂·阿本恩刚刚通过信息流给我发了信号'，而你甚至都来不及阻止他吗？"人类就是这样，毛病多。

阿本恩张张嘴想说点儿什么，犹豫了一下，然后摇了摇头。"他确实有可能这样做。但我们必须搞清楚飞船上究竟发生了什么事。"

米琪说："维博尔不是个快嘴。也许我们应该联系她。"

这时处于静音模式的无人机从我们身边飞了过去，我在它来之前就给米琪和阿本恩发了一条预警；我打算派无人机先去前面侦察。阿本恩看到它还是吓了一跳，然后一直盯着它，直到它飞远了。不过话说回来，她对穿梭飞船的想法是正确的。如果我们能从飞船上得到情况报告，那将对我们的计划大有裨益。再者，阿本恩和米琪也就不会再缠着我问来问去了，这对于现在的我来说真是百利而无一害（我都快忘记当个护卫战士有多焦虑了）。我说："你们那艘穿梭飞船上有没有安全监控？

有没有摄像头？有没有其他的机器人，包括目前处于非激活状态的机器人？"

"没有。"阿本恩把头发往后拢了拢，看起来很沮丧，但还是在思考，"因为没有必要。撤离防护服头盔上有摄像头，但它们都没被激活，而且还放在紧急撤离储物柜里。"

米琪说："堂·阿本恩，飞行甲板上有两套撤离防护服。我有它们通信器的硬地址。"

阿本恩转向我问道："你能从这里激活它们的通信器吗？"

我可能可以。无论格斯是已经杀死了船上的人，还是想等到威尔肯的信号再动手，都无关紧要了。无论如何，我们都需要先让格斯离开穿梭飞船。

我们也需要让所有人都离开穿梭飞船。

我差不多有个主意了。可能不是什么好主意（当你的战术思维训练大多都来自于观看的冒险节目时，你想出来的主意都不怎么样也就是意料之中的事情了）。我说："我们得先回到地形观测舱去。"

第六章

//////////

既然我现在已经想通了该去哪里，那么一路过去就顺利多了。我们来到接下来的一个电梯口，我花了 1 分钟时间，小心翼翼地把我用代码保护起来的那部电梯和电梯系统切割开来，并且让它的行动对其他电梯都不可见（听起来好像是易如反掌的一件事，但问题在于，如果其他电梯看不到这部电梯，它们可能就会试图占用这部电梯所在的位置。对于电梯里的乘客来说，那可就是天大的灾难了）。

我先派我的无人机搭乘电梯过去，主要为了确保电梯外面的地形观测舱里没有敌人在守株待兔，然后我再带着米琪、阿本恩和海瑞恩一起坐电梯过去。我们来到地形观测舱的枢纽区域，走过透明的穹顶之下，望着头顶上的风起云涌。我封闭了舱口，还设置了密码锁，说到底只是想让两个人类稍稍安心些。只要几个战斗机器人全力攻击，它们就能炸穿舱门闯进来，尤其是在三个战斗机器人都集中火力攻击一扇舱门的情况下。我希望它们的计划是在我们回穿梭飞船的路上设置陷阱，虽然那种情况也不太理想，但至少可以为我们争取到一些时间。我派无人机去侦察通往穿梭飞船的通道走廊，想看看能不能找到机器人们的埋伏地点。

我觉得那些机器人不会坐电梯，就算它们再次夺取了电梯系统的控制权也不会，因为它们对护卫战士的能力已经有所警觉。但无论如何，我还是让我那部看不见的电梯在设施内部随便乱转。总还是值得一试的。

不管怎么说吧，我们要是想回到穿梭飞船上，第一件要做的事就是把格斯骗下飞船。

我突然想到，如果有人帮忙的话，我就可以更快搞定这些。米琪把还处于半昏迷状态的海瑞恩放在一张有软垫的控制台座椅上，阿本恩从她的束带上取出急救包。我说："我会试一试能不能和穿梭飞船飞行甲板上的防护服摄像头通信器建立信息流连接，但是我需要先启动这个控制台。设施内还有挖掘机，我们也许可以利用这些挖掘机来对付那些战斗机器人。"我其实并不打算用挖掘机来对付战斗机器人，但目前我并不想对这个问

题详加解释。

阿本恩点点头表示理解，然后把她找到的脑震荡与休克治疗仪放在米琪没被打烂的那只手上，说："米琪，我启动控制台的时候，就麻烦你照顾海瑞恩了。"然后她冲我皱了皱眉，说，"你流血了。"

我往下一看，滴到地板上的是我的血液和机液的混合体。我真的很讨厌自己身上流出液体。我的血管自动封闭了，弹出来不少弹片，打中我侧腹的那颗子弹偏移了位置，导致伤口又撕裂了。我小心翼翼地把我的疼痛传感器调高，以便检查身体状况。啊，没错，确实是这样。好痛啊！

阿本恩说："你是不是中弹了？"她朝我走过来，伸手拉开我的夹克衫。

我猛地向后一跳。她也吃了一惊，停了下来。米琪转过身，它的视觉传感器聚焦在我身上。我查看了一下它的摄像头，看到了我自己的脸。我还以为我已经很擅长控制自己脸上的表情了，但很明显，我并没有。米琪在我们的信息流连接中说："**阿本恩不会伤害你的，护卫战士。**"

阿本恩举起什么也没拿的手，掌心向外，通常情况下这个手势意味着"别开枪",不过她并不是害怕我。她面色沉静,说:"很抱歉,但你现在需要治疗。如果是米琪来帮你的话,你会不会感觉好一点儿?"

我说:"我不——"然后就顿住了,因为我没办法说完这句话。我确实需要帮助,但又不想让任何人碰我。这两个条件是互相排斥的。

阿本恩望着我,静静等待着,然后说:"米琪,你能暂时离开海瑞恩身边一下吗?"

"我没事了。"海瑞恩大声说道。她眨着眼睛,手里攥着从急救箱里找出来的一瓶水合溶液。"我真的没事了。"

阿本恩说:"那就好。我去启动控制台,米琪,你过来帮林看看伤势。"她把急救箱递给米琪,而她的眼神还是落在我身上。

阿本恩走向控制台,米琪说:"**请抬起你的左臂,把衬衫拉起来,护卫战士。**"

想按她的要求做,我就必须放下威尔肯的投射武器和束带。不过我还是照做了,把这两样东西放在了身后的控制台座椅上,因为正常的护卫战士都会这么做。我想了很久才想到该怎么回复阿本恩。我觉得想要纠正一个简单的口误,用陈述句就好了,说

道："我不是林。林是——"

阿本恩给挖掘机控制台通上了电。她并没有看我，只是在信息流中仔细研究着控制台界面，说："林顾问是你的主管，我知道，是我说错了。"

米琪扫描了我的身体状况，并把结果发到了我的信息流里。真的有好多大块金属卡在我身体里面了。米琪从胸口伸出一个次级锚位，接住了急救箱，这样它就可以用剩下的那只手把探针拿出来。"我不需要神经阻滞麻醉，我可以把疼痛传感器调低。"我在信息流里对米琪说道。

"那一定很方便。我没有疼痛传感器，不过话说回来，我也没有疼痛感。"米琪把探针刺进我侧腹的伤口里说道。

是啊，这就是机器人和护卫战士的一大区别。我以前还和阿特谈到过另一大区别，那就是机器人和护卫战士之间不能互相信任，因为人类可能会给出相悖的命令。而阿特说"反正这里也没有人类嘛"。

不过现在情况又变了，这里是有两个人类的。我说："米琪，你是不是告诉了阿本恩'林顾问'这个人是我编出来的，其实就只有我这个护卫战士？"

"是的。"米琪说。它找到了子弹，并小心翼翼地把子弹取了出来。"在第一个战斗机器人袭击威尔肯时，她问我是否知道你说的是真话还是假话，所以我就把实情告诉她了。"然后它又补充了一句，"我告诉她是因为我想告诉她，而不是被迫的。"

"她为什么觉得我撒谎了？"这种说法也就只有米琪会一厢情愿地相信。

"她觉得你撒谎是因为在'晚安登陆者'独立公司运营的辖区内，雇用护卫战士是违法的。"米琪帮我贴上了伤口密封敷贴，又去找另一颗子弹，"她说是一些为'晚安登陆者'独立公司工作的人派你来的，但他们不想让我们知道这些人是谁。她说这些都没关系了，因为反正是派你来帮助我们的。"

阿本恩利用控制台打开了每辆挖掘机的操控界面。我得开始尝试从穿梭飞船上获取一些信息了。

这件事情很难办，因为我想让阿本恩和米琪的信息流与通信频道都保持切断状态，这样格斯或者那些还游荡在设施内部、心怀不轨的机器人就都不能通过这两个渠道追踪到我们了。不过米琪有飞行甲板上两套防护服的硬地址，这样确实帮了不少忙。穿梭飞船的频道仍然处于活跃状态，我可以偷偷溜进去，给第一

套防护服发个指令。戳弄一番之后，我终于启动了它的通信器。

我先听到了凯达的声音，他正问别人要一份伊吉罗身体状况的报告。布雷斯回复了他，说医疗系统已经让伊吉罗进入了恢复状态。维博尔在背景中说了些什么，但防护服的通信器不能接收到清晰音频。然后我听到格斯说："收到站台的回复了吗？"

凯达的声音听起来有些沮丧，他回答道："没有。一定是风暴造成的干扰。"

维博尔又说了些什么，但声音还是闷闷的，听不太清楚。格斯回答说："不行，除非收到了她们的消息，否则我们必须好好待在这里。"

呵呵。她的声音听起来很平静，一副自信满满的样子，不过我很肯定一次声音分析就能揭露出隐藏在她声音之下的紧张。

我将信息流连接放到了后台。阿本恩打开了控制台的显示屏，让它可以飘浮在控制台上面，显示出挖掘机的控制屏幕。她喃喃道："好了，所有挖掘机都通上电了。可能还需要几分钟时间才能完全启动。我希望你懂得怎么操作它们，我看它们的程序好像都被删光了。"

米琪现在开始取出我背上的弹片。我说："团队的其他成员都没有受伤，格斯还在假装是他们的安保顾问。她不让其他人离开穿梭飞船来寻找你们的踪迹。他们联系不上站台，无法寻求帮助。"

阿本恩抬起头，皱起眉说："怎么回事？我们到达的时候还能联系上站台。不应该——"

我其实没听进去她后面的话，因为无人机给我发来了一份报告。它已经飞到了消毒室，穿梭飞船舱门出现在了它的扫描范围里，但它还是没有发现战斗机器人的蛛丝马迹。我大声说："它们不在那儿。"

"什么？"俯身看着控制台的阿本恩惊恐地站直了身子，"谁？"

"那些战斗机器人。在我们撤回穿梭飞船的路上，无人机并没有发现它们。"我正在浏览它发给我的所有信息——扫描结果、视觉数据还有音频。这个无人机的扫描器比我的要好多了，而且它一直在积极地搜索整条路线，检查潜在的埋伏地点。我将它传回来的结果和设施结构图相对照，实在看不出来它遗漏了什么。"它们真的不在那里。"我把无人机的视觉数据发到了我们封闭的信息流连接中。

看无人机录像的时候，米琪歪了歪头。阿本恩向海瑞恩投去十分担忧的目光。她说："那它们肯定就藏在这里的某个吊舱附近，想困住我们。"

也许吧。我找到了我那部还在横冲直撞的隐形电梯，让它去到离无人机最近的电梯间，然后命令无人机坐电梯来到地形观测舱外的路口。不到 1 分钟，无人机就出现在了我们密封舱门外面的通道走廊上，开始扫描战斗机器人的踪迹。但还是什么也没找到。那些机器人既没有在通往穿梭飞船的路上设下埋伏，也没有躲在地形观测舱外面守株待兔。

我的潜在策略分析肯定没有出现什么严重错误，但我可能遗漏了一些东西。

没错，时间宝贵，不能浪费在恐慌上。我翻到了我和无人机第一次接触的记录，找出了它被战斗机器人封锁在外之前的信息。这里有记录第三个活跃的战斗机器人的条目。这个机器人被标记为"在范围之外活动"。

我原本以为所谓的"在范围之外活动"是指它朝着停靠的穿梭飞船前进，想在我们试图撤离的时候，设下陷阱伏击我们。不过那也只是我的一个猜测而已。

再往前回想一下。威尔肯和格斯被派到这里来是为了取代原本和"晚安登陆者"独立公司签订合约的安保团队，以便杀害评估小组的成员。那她们为什么不趁大家都在中转站的时候就下手呢？站台上的人并不多，想下手也不难。如果她们在站台上下手的话，就需要想出一套撤离方案，但如果她们决定在设施内部动手的话，那她们就需要一套更复杂的撤离方案。评估小组的穿梭飞船没有穿越虫洞的能力，那么她们动手后就不得不先回到中转站去再想办法，如果有港务局工作人员对评估小队其他成员的下落问东问西的话，她们就必须杀死这些人灭口，然后再偷走一艘有穿越虫洞能力的飞船（最好是一艘没有主控电脑的飞船，因为有主控电脑的飞船会对她们的偷窃行为极力反抗）。这听起来也太麻烦了，尤其是考虑到设施内还有战斗机器人，随时准备着摧毁入侵者，所以"灰泣"究竟为什么还要雇其他人来？最显而易见的答案就是威尔肯和格斯并不是来杀死评估小组成员的，她们是想要进入仿地形设施，以便取回什么东西，如数据或者什么实物。但她们又没有采取过相应的行动。我很肯定威尔肯也被战斗机器人的袭击吓了一跳，我的这个分析结果是不会有错的。那么威尔肯和格斯究竟是不是"灰泣"派来的呢？还是有其他公司

或者政治实体在作祟？

　　我需要帮助。我有点儿慌乱，渗漏问题还没解决，而且我好久都没追剧散心了，感觉都恍如隔世了。无奈之下，我把我想出来的所有可能性都复制到了一个潜在分析树状图中，然后把图放进了阿本恩和米琪的信息流里。

　　阿本恩被突然出现在她信息流中的巨大图片吓了一跳，然后她的面色又平静下来，开始仔细研究这张图表。米琪给我背上最后一处伤口贴上了密封敷贴，然后就进入了分析模式。海瑞恩还处于有些神志不清的状态，只是望着我们，一脸困惑。

　　在信息流中，阿本恩分离了其中一个假设方块，并将它从树状图上移走了。她说："如果我们假设威尔肯和格斯都是'灰泣'派来的，那么她们来这里就不是为了取回什么东西。因为'灰泣'遗弃这个设施的时候，有足够的时间把他们想要的东西全都搬走。"她犹豫了一下，"我想我们得问问自己，'灰泣'到底想要的是什么？"

　　答案很简单。我说："他们想摧毁这个设施。如果'晚安登陆者'独立公司没有安装牵引器阵列，那这个设施现在肯定已经在星球表面坍塌了。"

阿本恩看着我列出的那些可行撤离方案和存在的问题，不禁皱起了眉，说："那为什么'灰泣'不直接派威尔肯和格斯去摧毁牵引器阵列呢？说不定她们已经动手了。"

米琪大声说："**威尔肯改变了她右前臂装甲上平面显示器的设置，让它可以显示设施内部的当地时间。**"它在信息流中给我们发了一张图片：威尔肯在调整她装甲上的显示器。这张图片是穿梭飞船正在起航，为离开中转站做准备时，我让米琪去偷看两个安保顾问整理装备所拍到的。"**在我们步行穿过设施的过程中，她大约检查了 57 次显示器，直到她想要伤害阿本恩。**"

我都没注意到这一点，不过我重新看了一下我拍到的部分视频，发现威尔肯的意图昭然若揭。阿本恩慢吞吞地说："威尔肯可能知道这个设施会出什么事，也知道大概什么时候会出事，所以她必须尽快回到穿梭飞船上，不能耽搁太久。她一看有机会，就派你去战斗机器人面前送死，然后就打算杀了我和米琪。她便会告诉其他人她尽力了，并且逼他们赶紧回去中转站——"

那么战斗机器人的所作所为也就说得通了。如果它们也在等待着什么事情发生，这就能解释它们为什么会把海瑞恩抓去当人质了。它们首先派出了一个机器人来捣乱，先进攻，抓一个人

当人质，然后撤退，再次进攻。当它攻击威尔肯的时候，我就已经把它炸烂了，但另外三个机器人并没有急着来追杀我们。其中两个待在工程吊舱里，还有一个处于范围之外，它到底在做什么？

阿本恩猛地吸了一口气，说："'灰泣'的目标肯定是牵引器阵列。只有摧毁牵引器阵列，他们才能获得核心利益。"在信息流中，她去掉了一部分假设方块，就是提到"灰泣"在站台上安插内线，而这个人在背后做了一些手脚的那些假设方块。"我们从无人机那里得知，战斗机器人背后并没有控制员在操纵，中转站上也没有人给它们发送命令。它们是设施内部的原始设备，旨在保护设施，直到它自然而然地坍塌在星球表面，毁掉所有能证明这里进行过非法采矿活动的证据。威尔肯和格斯并不知道机器人的事，她们也不是受雇来杀我们的，因为杀我们对她们的目标并无助益。她们的目标是让这处设施按计划被摧毁。而摧毁设施的阻碍就是牵引器阵列。因此，威尔肯和格斯是被派到这里来做某件事的，她们认为做这件事会导致的唯一后果就是牵引器阵列失灵，而我们这群人就不得不离开设施，回到中转站，然后她们就可以搭乘下一辆货运飞船离开，背后的真相也就不会再有人知晓。"她从信息流中退出来，转身看向我，"但她们所做的究竟是什么事呢？她们一直都和我们待在一起啊。"

我觉得她的想法直击要害。在我和团队其他成员都没有注意到的情况下，威尔肯和格斯只可能做一件事。"她们发送了一个加密信号。"一个通信信号，不是信息流信号。毕竟风暴干扰这么严重，更重要的是我并没有专门去寻找这个信号，所以才没有发现。

"没错，就是这样。"阿本恩抬起眉毛，"但这个信号是发给谁的呢？发给战斗机器人的吗？有没有什么武器或者方法之类的能从设施内部摧毁阵列？"她转过身去看向其他控制台。

我又检查了一下我和穿梭飞船音频之间的连接。凯达正在给格斯施压，想让她同意他们下船进入设施内寻找其他人，布雷斯和维博尔都支持他。没人提到关于牵引器阵列的问题。他们应该在监控阵列的状态才对。格斯也毫不示弱，反过来向他们施压，说他们既然已经同意了在船上等，就不能出尔反尔。我回放了一下音频。她想让他们等 30 分钟。挖掘机显示屏在信息流里嘀了一下，表明挖掘机已经通好电了。我把穿梭飞船的音频发到了米琪和阿本恩的信息流里，然后在挖掘机控制台旁边坐

下。不管即将发生的是什么事，肯定都没有时间可以再继续浪费了。

我把第一批命令发送给了三台挖掘机，阿本恩对米琪说："我们需要传感器。检查一下控制台。这里所有东西都需要点击屏幕才能操作，但我们可以试一试重定向——"

除了这三台挖掘机之外，我把所有输入流都扔到后台去了。阿本恩很明显还是想要拯救这座设施，但我的首要任务是赶紧趁设施在大气层中解体之前逃出去。

三台挖掘机从它们的储藏区域开了出来，开始穿过地形舱下半部分的外侧。它们往前开的时候，多条动臂紧紧地抓住地形舱表面，摄像头里发来令人头晕目眩的风暴画面。它们保存挖掘协议的记忆核心被移除了，不过话说回来，我想让它们做的事并不需要挖掘协议。

阿本恩启动了另一个控制台，显示屏上开始不断跳出数据，米琪俯身去看。海瑞恩猛地站了起来，一瘸一拐地走到她们身边，靠在一张控制台座椅的椅背上。

我还得从控制台上复制一些专门的代码，不过只要我拿到了这些代码，我就可以直接用信息流来控制三台挖掘机。虽然我的大脑已经不堪重负了，但我还是为它们分配出了一个控制频道。然后我站起身。我忘记了刚刚身上才取出过子弹，好吧，还是有那么一点儿疼的。我必须要同时驾驶三台挖掘机，没有了原本的协议，想操作挖掘机就比较棘手了。我让自己的声音尽量保持平静耐心，说："我们该走了。你们还有 6 分钟时间。"

阿本恩挥了挥手说："我们马上就要找到了。"

我提醒自己，我还是得假装自己是一个和她们签过约的护卫战士，然后把倒计时发到了信息流里，没有多做解释。接着我就拿起威尔肯的武器和束带，站在了舱门旁边。

海瑞恩左顾右盼，然后从米琪那里拿过了急救箱，一瘸一拐地走到了我身边。她站立不稳，看起来还是有些神志恍惚。她毕竟被战斗机器人给绑架了，这一天对于她来说已经够难熬的了。

阿本恩站了起来，说道："太好了，找到了！拷贝这个轨迹，米琪。"米琪照做了，然后就跟着阿本恩大步走向门口。"有某种结构从工程吊舱中发射了出去，正朝着牵引器阵列飞过去。那个不见踪影的战斗机器人肯定就在上面，它飞过去就是为了摧毁阵列。那么它接到的命令肯定就是威尔肯和格斯发出的加密传输。"

　　哇，真的好棒呀！能不能先逃回到飞船上，然后再关心那个牵引器阵列的死活呀！看着自己创建的倒计时，我把三个输入流放到了前台来，包括我的无人机、米琪和那三台挖掘机。不，等等，我也需要自己的摄像头。所以是四个输入流。啊，还有穿梭飞船上那个防护服的音频。那总共就是五个输入流。我让无人机快速检查了大厅和电梯间的入口，确保没有危险，然后说："我们必须快点儿行动了。毕竟我们在明，战斗机器人在暗。"

　　阿本恩点了点头，紧紧握住了海瑞恩的手臂。海瑞恩喃喃道："我们要去哪儿？"

　　阿本恩让她先不要说话，说："咱们回穿梭飞船上去。会没事的。"米琪拍了拍海瑞恩的肩膀。

　　我按下开门键，然后走了出去。无人机在我们前面侦察，不断扫描潜在危险，虽然前往电梯间只有短短几步路，但我依旧感觉很紧张，害怕那些机器人随时会从下一个转角处跳出来。

　　我们来到了电梯间，我命令无人机先搭我那部隐形电梯过去看看。阿本恩和米琪在信息流里聊了些什么，时不时也会安慰海瑞恩几句。她们有可能是在密谋怎么卖掉我的零件，但我实在匀不出多余的注意力来监听她们了。外面的挖掘机已经接近了地形观测舱的舱体曲面。为了不被穿梭飞船发现，它们必须沿着地形吊舱和居住吊舱之间较低的地方往前开。

电梯到达了离我们飞船停靠区域最近的路口，无人机呼啸着飞了出去。我是把它设置成快速侦察模式之后送出去的，它在通道上来回侦察了几遍，又穿过消毒室，然后飞上去看了看穿梭飞船的气闸锁周围有没有异样。扫描显示没有危险，于是我让无人机返回到电梯间。

电梯回来了，我让人类们都进去（还有米琪，不过现在我已经把米琪划分为人类了）。我命令挖掘机加快速度，希望能尽量减少穿过通道走廊的时间。如果战斗机器人认为我们对它们的任务构成了威胁，那它们就会赶来追杀我们，而它们很清楚这个通道走廊是最容易截杀我们的地方。启动电梯的时候，我把挖掘机的视频发给了阿本恩，这样她就知道穿梭飞船接下来会看到怎样的画面，然后我对她说："我一解除你的信息流屏蔽，你就立刻联系凯达，告诉他一定要确保所有人都下船。"

"好的。"阿本恩严肃地点了点头，紧握着海瑞恩的手，敲了敲米琪的信息流。

电梯到了，门一开，我就走了出去。我朝消毒室冲过去，

几个人类跟在我身后，我派挖掘机从居住吊舱的曲面上开过去，直奔穿梭飞船。

通过飞行甲板上那套撤离防护服的连接，我听到飞船上传来了声音，是维博尔用一种我没有装载过的语言说了些什么，然后凯达说："有什么东西正在接近我们，有未知物体正在靠近——"

格斯的声音从飞行甲板下面某处远远地传来，她吼道："什么？哪个方向？"

我打开了阿本恩的信息流连接，对她说："就是现在。"她立刻和凯达建立了私人连接，说："凯达，听着。什么也别问，不要告诉任何人我在这里。你现在必须立刻让所有人离开穿梭飞船，进入设施内部。不管你做什么都好，假装惊慌失措也行，一定要让所有人都下船。大家能不能保住性命就看你的了。"

通过阿本恩的信息流，我听到凯达触发了一个紧急撤离命令，团队信息流和穿梭飞船通信频道中都响起了警报。格斯已经开始往飞行甲板上走了，边走边咆哮道："停下，你们给我停——"

我以为她会把凯达和维博尔困在驾驶舱里，这样我们又绕回之前挟持人质的情况了。但凯达肯定是把"假装惊慌失措"这条建议听到心里面去了，因为他一边把飞船传感器拍摄到的挖掘机正在逼近的画面发到了信息流里，一边尖叫着让其他人赶紧逃出去。

我进入了走廊，正好赶上飞船的舱门循环开启，还看了一眼对接舱里面的情况。布雷斯跌跌撞撞地走了出来，处于半昏迷状态的伊吉罗倚靠在她身上。米琪跑过去帮助他们，阿本恩在后面和海瑞恩待在一起，我也跟着赶了过去。

我让一台挖掘机放开设施的表面，直接朝穿梭飞船的船头俯冲过去，因为位于船头的前置传感器拥有最好的视野。阿本恩还在凯达的信息流里，但在没有摄像头的情况下，我通过信息流也只能感觉到人类此刻正乱作一团。

稍后我看了格斯装甲上的摄像头拍摄到的画面，发现传感器突然发来的巨型物体冲向穿梭飞船的画面让格斯吓得往后一跳，直接跌出了飞行甲板入口。维博尔把凯达的反应当成了穿梭飞船肯定会被撞烂的证据，于是一把抓过凯达，把他夹在胳膊下面，从格斯身边飞奔而过，利用通道中较轻的重力避免了撞在舱壁上。最后他们倒在了走廊地板上，起身时被更重的重力牵绊了脚步，只能跌跌撞撞地跑向舱口。

不管怎样，凯达和维博尔终于从舱门里冲了出来，格斯穿

着她的动力装甲大步跟在后面。当时我已经藏在了飞船舱门的一侧，所以格斯出来只看到其他几个人类，大家都一头雾水、惊慌失措。

我扫描了她的装甲，找到了正确的代码（现在我已经知道该从哪里下手了，自然也就快得多）。就在她端起投射武器的那一刻，我发出了命令。

她的装甲僵在原地，我走上前去，进入她的视野。当她反应过来发生了什么的时候，脸上那副表情真让人看得心满意足。如果她善于使用她的扫描器，一早就会发现我藏在舱门旁边。但即便有了信息流，有了那么多强化设备，人类一次还是只能思考一件事情。

阿本恩说："我们要趁现在赶紧回到穿梭飞船上去！"其他人七嘴八舌地问她为什么，她一边把他们赶向舱门，一边飞快地解释了几句。我不再管他们的事，转而检查了一下其他的输入流。没有了我的命令，几台挖掘机都停在原地，进入了休眠状态。其中两台还停留在居住舱表面，而那台一跃而下朝穿梭飞船猛扑过来的挖掘机已经落到了大气舱上面。然后我又检查了一下无人机，之前把它放在电梯间那里就是为了防止有人从背后突袭我们。

它回应了我，开始扫描整片区域，然后传输突然就中断了。我感觉到连接消失了，无人机就像一盏灯一样熄灭了。

我说："阿本恩，米琪，战斗机器人来了！"我穿过房间，从背后取下威尔肯的投射武器。

阿本恩大喊道："快上飞船，没时间了！"

我冲向门口，从威尔肯的束带上扯下炸药包并启动，然后把它们扔到走廊上。米琪的摄像头输入流被我放到了后台去，但我还是能感觉到人类们的手忙脚乱，他们先护送受伤的伊吉罗和海瑞恩进入气闸锁，然后阿本恩让米琪把格斯也扛起来带进去。说时迟那时快，战斗机器人猛地冲过了转角处，第一颗炸弹应声爆炸。

我朝它连开三枪，只是想让它以为我会傻傻地站在这里向它开枪，然后我就飞快地开溜了。走廊里的炸弹拖住了机器人的脚步，为人类们争取了足够多的时间，米琪也顺利把格斯搬进去了，船闸处已经确认无人。我飞身扑出，跃进了气闸锁内，按下了紧急关门按钮。两扇舱门都猛地合上了。

我终于把这些该死的人类都安全带进穿梭飞船内了！

战斗机器人撞到了外部舱门，那冲击力就像我们被另一艘

小型穿梭飞船撞上了一样。我发消息给阿本恩："我们得赶快走了。"

夹锚松开了，穿梭飞船准备离开船闸。我检查了舱门外的摄像头，看到机器人站在开放的对接码头上，趁舱室减压时，它紧紧抓住了穿梭飞船的两边不放。在它身后，第二个战斗机器人也赶到了。米琪站在我身边，我通过信息流连接把图片发给了它。它说："这些机器人真坏呀，护卫战士。"

由于距离太远，我已经失去了与那三台挖掘机之间的联系，但有一台挖掘机离船闸很近，正蜷缩着处于睡眠模式。我给它发去了最后一道命令，它的巨臂猛然挥下，一下就把第一个机器人拍成了碎片。

"那样一定很疼。护卫战士，为什么你不在信息流里跟我说话了呢？"米琪评论道。

它自己心知肚明，不然也不会问我了。

我绕过它，沿着通道走廊走开了。

米琪在信息流里说："我没有告发你，直到阿本恩问我，我没办法才说的。"

我沿着走廊向船员区走去，米琪背着格斯跟在我身后。我一直在通信音频中监听阿本恩，听到她简单向其他人讲了一下威尔肯是怎么回事，我又是怎么救了海瑞恩，威尔肯又是怎么打烂了米琪可怜的手，还有我是怎么救了她和米琪的，如此种种，我懒得再听了。我已经从地形舱里拿到了要交给曼莎博士的数据，也拯救了米琪和那些白痴人类的性命，现在我只想赶快离开这里。穿梭飞船逐渐远离设施，我能感觉到中转站的信息流已经出现在我的扫描范围边缘了。我走进了船员区。凯达和维博尔在上面的驾驶舱里，其他人则都在船员区里，伊吉罗和海瑞恩都已经无力地瘫倒在了座椅上。伊吉罗看上去还有点儿恍惚，不过比起海瑞恩还是要清醒多了，后者应该赶快去医务室里看看。米琪把格斯放了下来，让她站好，大家都盯着她看了一会儿，然后都转过来盯着我。

布雷斯站了起来，看向飘浮的显示屏。上面显示着设施上方牵引器阵列的传感器视图，说："没错，找到了。确实有个物体朝着牵引器阵列飞过去了。"

阿本恩满脸严肃地说道："我们认为那是一个工作拉锁结构，是从工程吊舱发射出来的。上面还有一个战斗机器人。"

我说："堂·阿本恩，我们需要尽快返回中转站。如果牵引

器阵列失灵，很可能会损坏穿梭飞船。"我觉得这样说应该有用。我也不知道是不是这样，但听起来挺有道理的。

米琪在我的信息流里说："**我以前从来没有和一个这么像我的机器人聊过天。我有很多人类朋友，但还从来没有过机器人朋友。**"

我必须狠咬住脸颊，才能让我的表情保持波澜不惊。我真的很想屏蔽掉米琪的信息流，但我必须继续监视她，免得那群人类密谋对付我（我知道，听起来我有点儿疑神疑鬼了，但是米琪和阿本恩已经知道林顾问是我编出来的，我必须尽快逃走，免得她们把这件事告诉其他人类，而其他人类中很可能有人知道一个做出这些行为的护卫战士究竟有多么不正常）。

飞行甲板的通信频道上传来凯达的声音："还剩一分钟我们就要开始行动了，你们确定要这样做了吗？"

等等，什么？我回溯录音，听到布雷斯说："我们可以用这艘穿梭飞船把那个拉锁结构撞离轨道。我们有防护罩可以保护船体——"

伊吉罗眯着眼睛看向显示屏，说："但那个拉锁结构就不能退回来再试一次吗？"

布雷斯摇了摇头，眼神仍然落在飞行轨迹推测图上，说："我已经拉取了那种拉锁结构的规格图。它是用于设施维护的，而且需要和工程吊舱之间建立信息流连接才能运行。不过我们可以把它撞出信号范围之外，这样它就会失去导航控制。"

这主意听起来还不赖。但是又要花费多少时间呢？

等我听完这段录音，回到真实时间之后，他们已经决定要实施这个计划了，现在只是在讨论细节。

我站在那里，看着显示屏上那个发光的形状，凯达开着穿梭飞船离它越来越近了。我得承认，在这段时间里我走了一会儿神，从暂停处开始又看了一段《圣殿月亮的升与落》（虽然只有短短 6 分钟，但也是穷极无聊的 6 分钟，好吗？还有米琪那家伙，它走过去站在了阿本恩身边，还一脸伤心的样子望着我，我完全把它给无视了。阿本恩还以为米琪是为自己失去了一只手而伤心，就不停地拍拍它的头，告诉它等大家一回到中转站就马上帮它修好这只手）。

幸好我没有胃，不然我就要呕吐了。

终于，穿梭飞船把那个拉锁结构撞离了轨道，拯救了牵引器阵列和"晚安登陆者"独立公司的投资，还节省了 45 秒钟时

间。耶，好值得欢呼哦。人类们互相祝贺，阿本恩和布雷斯帮忙把海瑞恩扶了起来，送进了医务室。设施里还剩下一个机器人，不过听起来已经像是别人的问题了。穿梭飞船改变了航向，朝中转站飞去，我们已经离得很近了，于是我通过信息流给那艘补给飞船发了条消息。它回复了我，看来还在等我。太好了，这下我可以放心了。

紧接着，我就听到舱门处传来强烈敲打声。

我不是什么航空专家，但我敢肯定有东西敲打舱门绝对是不祥之兆。可能是拉锁结构的碎片飞到舱门上了。但我知道肯定不是碎片。我检查了舱门摄像头，广角画面里出现了战斗机器人的脸。

接下来的连接覆盖了中转站的信息流，暂时遮挡了我所有的频道。

[目标：杀死入侵者。]

这下又惨了。

我把机器人挡在了我的信息流外面，大喊道："紧急情况！气闸锁马上就要被攻破了！"我把舱门摄像头拍到的画面发给了米琪，然后通过它转发到了其他所有队员的信息流里。人类们都吓得呆立在原地，感觉漫长得像是过了一辈子，好像根本就不会相信我一样。我都忘记了在我可以全神贯注做一件事的时候，人类的动作会显得多么缓慢。凯达触发了全船警报，并且封锁了气闸锁和船员区之间的两道内部舱门。好极了，这样可以为我争取到 1 分钟时间，最多 2 分钟。

我告诉阿本恩："把所有人都带到飞行甲板上去。"那里还有一道舱门，也许还能再争取 1 分钟时间。我转过身沿着通道向下面的隔间跑去，格斯和威尔肯的装备就放在那里。

离开通道的时候，我听到阿本恩在大喊："快点儿！快点儿！"我从团队信息流里得知，穿梭飞船正朝着站台飞去，维博尔简单向港务局解释说，我们马上就要被一个战斗机器人撕成碎片了。

坦白说，我也不知道站台上的安保人员会怎么处理这个问题。事实上，我敢肯定他们的危机应对能力就和我的比喻修辞能力一样垃圾。

通过舱门摄像头，我看见舱门外部被打得粉碎，然后信息流就嘶嘶几声，消失了。机器人现在已经开始破坏第一扇内部舱门了。我跑到了隔间里，看到威尔肯和格斯留下的箱子，那些用

来放装甲、大型投射武器、炸药包和弹药的箱子都是空的，不过旁边还有个箱子。我掀开这个剩下的箱子，发现有一套小型炸弹，这种炸弹一般是用来炸穿安全门和舱门的。里面有个袋子，我一抓起来，发现是空的，于是就用它来装炸药，还装了一些用于我背上那把投射武器的额外弹药。但它们可能派不上用场，因为我怀疑我根本就没有时间用上这些。也许我应该把这段宝贵的时间用在找个有利位置上，而不是跑下来希望能在这里找到一把能把战斗机器人轰成渣滓的武器。

在与机器人的生死恶斗之间，这样一个小小的错误便足够断送你的性命。

在信息流中，我听到阿本恩和布雷斯通过驾驶舱的入口把海瑞恩送了上去。伊吉罗已经被她们先一步送上去了。米琪在我的信息流里说：**"快啊！快啊！"** 阿本恩让它把格斯也送上去。战斗机器人开始猛攻船员区的舱门了。我站起来，转过身，就在此时，看到了评估团队存放设备的地方。

这里的箱子和架子都存放着用于环境测试和取样的工具。其中有一台岩心切割机，可以从岩壁上取下形状浑圆漂亮的圆柱体，然后拿去给人类做不知道是什么的研究。这是一个延伸部分，本来应该连接在取样配备上，但人类们可能并不需要相应的取样配备，因为米琪的力气够大，能把它举起来使用。这是一个长管，可以用定向爆破切割的方式提取长达数米的部分。

我把弹药包挂在背上，从架子上取下切割机，打开电源，离开了通道。

我回到船员区，米琪刚好跟在阿本恩后面把格斯抛到了驾驶舱里面，然后通过手动面板按下了舱门关闭键。门猛地关上，米琪转过身来。我对它说："米琪，快离开这里！躲到货舱里去！"

"不，林，我要留下来帮你！" 它说。

在信息流里，阿本恩大喊着让米琪进去和他们待在一起，求米琪快点儿进去，并让凯达打开舱门。而米琪却对她说：**"我的首要任务是保护我的朋友们。"**

"首要任务已变更，"阿本恩向它发来消息，"首要任务是保护你自己！"

"首要任务变更已被拒绝。" 米琪对她说。

岩心切割机已经充满了电，并且访问了我的信息流，给我发来一个预先准备好的警告和一套便捷的使用指南。这是什么？哦，我当然想解除安全协议了，谢谢你问我。

我本来想把岩心切割机交给米琪，然后由我来吸引战斗机器人的注意力，这样它就可以趁机攻击战斗机器人了。但战斗机器人已经炸穿了舱门，突然间就进入了船员区和我们正面交锋。我们根本就没有时间制订计划，也没有时间商量战略。

机器人知道了我的位置，就转过身来扑向我，我也朝它举起了切割机。米琪用脚抵在保护飞行甲板入口的那扇舱门上，然后飞身扑出。它飞过船舱，撞穿飘浮显示屏，直击战斗机器人的头部。我不知道米琪到底是想分散战斗机器人的注意力，还是因为之前它见过我用类似的招数攻击突袭威尔肯的那个战斗机器人，所以想复制我的进攻方式。空气从加压舱内冲出来，沿着通道走廊冲出了破损的气闸锁，气流也给了米琪这一跳额外的速度提升。

机器人发现了米琪的动作，于是转过身去，举起一只手臂抓住了米琪的躯干。我抓准了这个空隙，猛冲过去，把岩心切割机分毫不差地捅进了机器人的侧腹，它的大脑就在这里。我触发了切割机。我没有时间防御冲击，结果后坐力就直接把我向后震飞了，有那么 3 秒钟的时间，我的视野变成了一片全黑。

我躺在甲板上，能听到的只有人类们在驾驶舱里大喊大叫，还有穿梭飞船发出的紧急警报，确保船上所有人都知道由于气闸锁的破裂，船内的空气刚刚经历了爆炸性流失。岩心切割机掉在我身上，我一把推开它，坐了起来。我知道在某个时间点我听到了阿本恩痛苦的尖叫，但我不确定究竟是什么时候发生的。

战斗机器人还保持着站立姿势，但一动不动，关节僵硬。岩心切割机从它躯干的一侧钻入，另一侧穿出，取下了一个干净利落的横断面，里面是机器人的防御护盾和处理器。这块被取出来的"岩心"从切割机后部弹了出来，掉在甲板上。我发现就是这个东西击中了我的头部。我猜尽管阅读了操作指南，我拿切割机的姿势还是错了。

米琪倒在机器人面前，瘫成一团，看上去不太对劲。我爬起来，想看看米琪到底是哪儿伤着了，结果这一眼让我呆立在原地，动弹不得。它的胸口、处理器、内存以及所有使它成为米琪的部件，都被战斗机器人用一只手轻而易举地捏碎了。

我只是呆呆地坐在甲板上。穿梭飞船接近了中转站，驾驶舱里的人类们都挤进了通信频道里，七嘴八舌地和港务局进行通话。他们还不能打开飞行甲板的舱门，因为气闸锁破裂了。然后他们在信息流或通信频道上呼叫我，我也没有任何回应。我的摄像头一直源源不断地把视觉画面发到团队信息流里，所以他们都

透过我的视角看到了这场恶斗和米琪最后的时刻。在我与他们的信息流连接被切断之前，我听到阿本恩在哭，海瑞恩在尽力安慰她，其他人都在震惊中喃喃低语。

我也需要空气，虽然不像人类需要的那么多，可能就是空气的稀薄导致我的大脑现在迟钝又疏离。我再一次用中转站的信息流给补给飞船发了一条消息，让它从中转站解锁，然后我又给了它一个会合的位置。它回复了已知悉，态度是那样地平静，就好像一切正常，刚才根本就没有发生过那场灾难性的打斗一样。我感觉非常诡异。

维博尔在飞行甲板舱门另一侧敲了敲，喊道："护卫战士，你还在吗？请回答我！"

我必须赶快逃走了。我猛地站了起来，沿着走廊来到紧急撤离防护服储存柜前，穿上一套带有机动喷气机的全套撤离防护服。戴上头盔时，一股空气涌了进来，让我感觉清醒多了。我确保了储存柜保持打开的状态，又把其他防护服都解了下来，这样如果有人发现其中一件不见了，就会以为这是战斗期间发生的意外，丢失的防护服和其他碎片一起被气压吸了出去。我希望他们也以为这就是我的结局，我也被吸出了气闸锁，变成了碎片。然后我沿着走廊来到破裂的气闸锁前面，钻出去飞向了宇宙。

我以前从来没有操作过这种防护服（他们一般不会让杀手机器人在无人监管的情况下在宇宙里飘来飘去），不过防护服的信息流里有内置的操作指南，这个真的很好用。等到补给飞船来到会合地点时，我已经可以像个专业人士一样飞进它的气闸室里了。

在中转站看来，补给飞船是停下来为穿梭飞船让路，好让它能够顺利停靠在港务局的槽位里。我也不觉得会有谁死盯着传感器看，誓要把一个穿着撤离防护服逃走的护卫战士给找出来。

等我穿过循环打开的锁进入飞船内部时，我让飞船把空气系统稍微调高了一点儿，并且告诉它按照通常的航线穿过虫洞飞往哈夫拉顿就好了。我脱下防护服，把它连同威尔肯的武器和我从箱子里拿的弹药袋一起扔在了旁边。我坐在甲板上，开始有条不紊地检查所有设备，确保里面没有追踪器。

阿本恩曾经想要改变米琪的首要任务，想让它优先拯救自己的生命，但米琪拒绝了她。这就意味着阿本恩曾经允许它在程序中加入自己的选择，也给了它在危急情况下遵循自己判断的能力。米琪因此决定它的首要任务是拯救人类们的生命，可能也包括拯救我的生命。也有可能它知道自己没有拯救任何人的能力，但它

想为我创造机会，让我尽力一试。又或者它只是不忍心让我独自面对战斗机器人。不管它的想法究竟是什么，我都无从知晓了。

我只知道，阿本恩和米琪之间拥有深厚的情谊。正是因为这样，米琪之死才会让人感到如此痛彻心扉。我和米琪永远都不可能成为朋友，但它曾经是那位人类的朋友，更重要的是，那位人类也曾真心把它当成自己的朋友。危急时刻阿本恩的本能反应是让米琪先自救。

我检查了包里的炸弹和弹药之后，在包的底部发现了一个夹层。里面有几组身份标记卡和一套更大的记忆夹，和我放在手臂里的那些记忆夹是不同品牌的。我挺直身体，看到货物控制台上有一个读卡器。

好吧，这下就更有意思了。

我很讨厌关心其他的人和事。不过很明显，一旦你开始关心，就停不下来了。

我不打算把在地形观测舱里找到的数据发给曼莎博士了，而是要亲自带给她。我要回去了。

然后我就躺在了地板上，从第一集开始重新看《圣殿月亮的升与落》。